JN093438

私の秘密を
婚約者に見られたときの
対処法を
誰か教えてください
Yasuzu Shirakumo
白雲八鈴
Illust.
Ema3
宝島社

シャルロット
公爵令嬢。アルフレッドの
兄の婚約者。
ジークフリート
赤竜騎士団の団長。
国王の次男。
コルト
フェリシアの侍従。
アルフレッド
ネフリティス公爵家の次男。
赤竜騎士団の副団長。

ヴァイオレット
ウィオラ・マンドスフリカ商会
のオーナー。伯爵令嬢。
フェリシア
ガラクシアース伯爵家の令嬢。
アルフレッドの婚約者。

「悪いんだけどさぁ。
無理だから、他を当たってもらえ……」
婚約者のアルフレッドが驚いたように
目を見開いて私を見ています。
これ絶対に私だとバレていますよね。

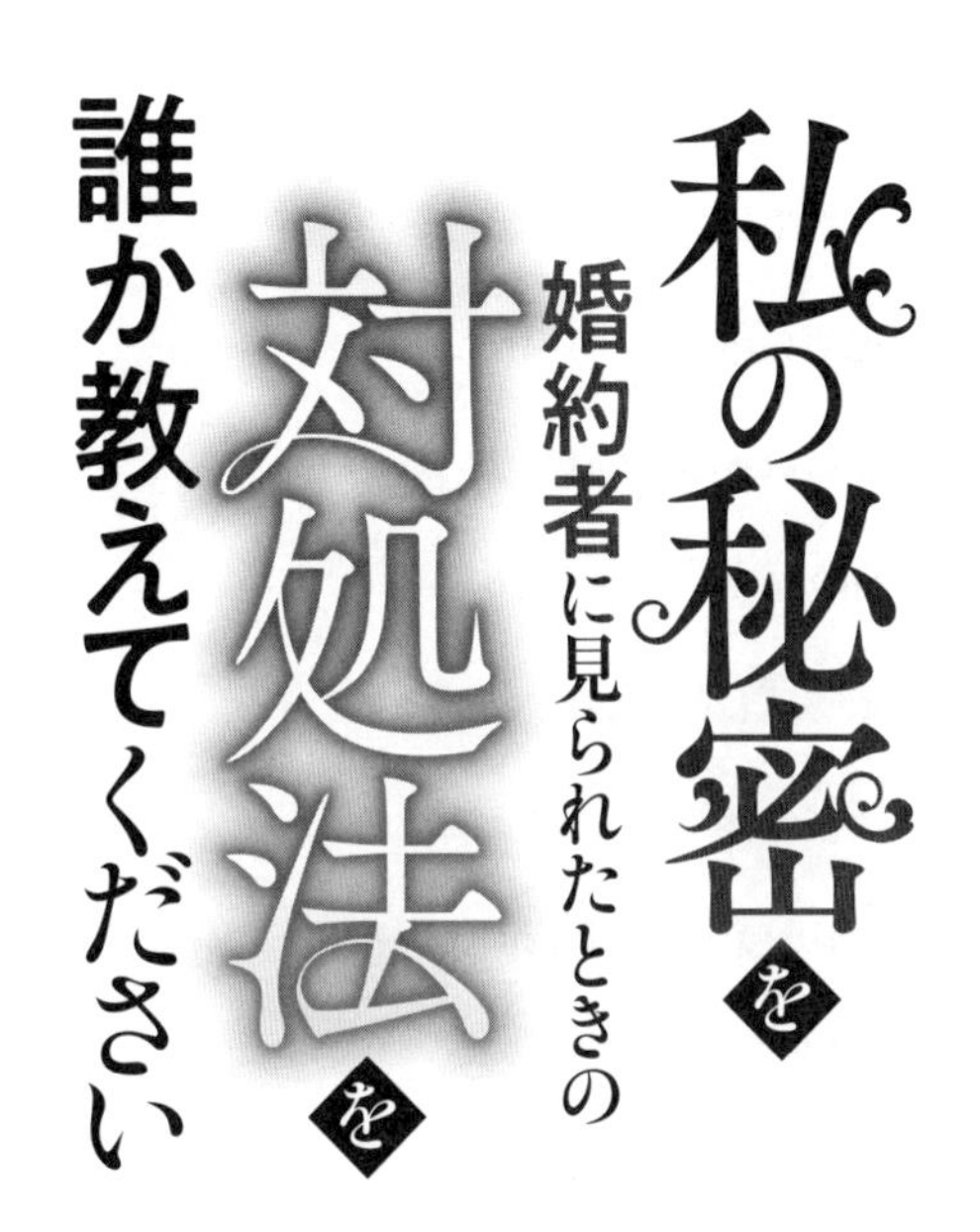

Yasuzu Shirakumo
白雲八鈴

Illust.
Ema3

宝島社

CONTENTS

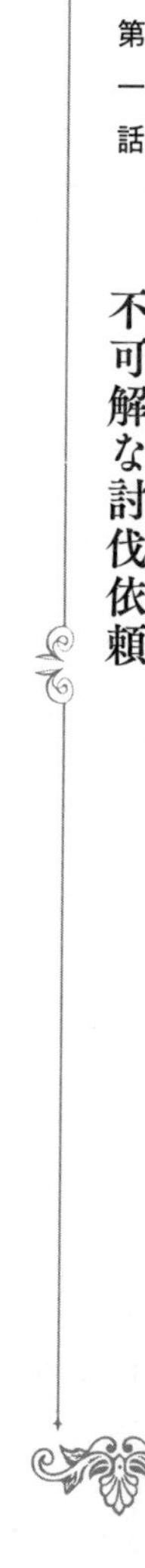

第一話　不可解な討伐依頼

ざわざわと木を揺らすひんやりと冷えた風が頬を撫で、空は闇と光がせめぎ合うように暁（あかつき）の色に染め上げられてきています。

小鳥たちが目を覚まし、さえずりの鳴き声が静かな森に響き渡ってきました。

そろそろでしょう。

私は眼下を見下ろし、合図が発せられるのを、全てが見渡せる高台の岩の上で待機しているのです。

キラリと森の中で光が見えました。私はせり立つ岩から飛び降り、一直線に地面に向かいます。その眼下には布を張ったテントが立ち並び、森の中で野営をしているようですが、魔物よけの篝火（かがりび）も朝食の用意をしている様子もありません。

私は一つのテントに目星をつけ、ショートソードを両手に構え、そのままテントに突き刺すように突き立てます。分厚い布越しに当たる感触。そして、破壊されたテントから抜け出すように出ていくモノに、ショートソードを投げつけます。

「グギャッ！」

濁った声と共に倒れる音が混じります。投げたショートソードを回収するために、近づくとそこには緑がかった皮膚に人の腰までしかない大きさの醜い小柄な人型の魔物が倒れています。いわゆるゴブリンというものです。

頭部に突き刺さったショートソードを引き抜き、赤紫の血液を振り払い、次の獲物を見定めようとしていますと、森の方から火の手が上がりました。

まさか、そのまま焼き討ちにするつもりですか！　その前に、決着をつけなければ！

私は地面を蹴り、何事かとテントから顔を出したゴブリンの首を落とし、駆け出したのでした。

さて、このようなことが起こったのは、冒険者ギルドに出された一つの依頼が発端でした。

「集まってもらったのは、ここにいる者たち全員で、ある依頼を受けて欲しいからだ」

円卓を囲むように集まった者たちの前で偉そうに話をしているのは、王都のギルドマスター。元冒険者らしく、ガタイがよく大柄のハゲのおっさんです。

ある依頼と濁していることは、キナ臭い感じがしますね。

そこに手を上げた者がいます。赤い髪が鬣（たてがみ）のようにまとまりがなく、これまたギルドマスターと同じぐらいガタイのいい男性です。

『英雄の聖剣』という小っ恥（こっぱ）ずかしい名前のグループのリーダーであるイスラです。

「ギルマス。依頼を受けるのは良いんだが、ちと問題がある」

「何が問題だ？　イスラ」

問題があると言った赤髪の男は、私の方を指さして言ってきました。

「何故、ここに『黒衣のアリシア』が居るんだ？」

『黒衣のアリシア』それは勿論私のことです。黒髪黒目。それを覆い隠すように黒い外套をまとっていることから、ついた二つ名です。

「それは私も同意見ですね」

一番に金色の鎧に目がいってしまうのは、『黄金の暁』のリーダーです。これは金ピカでいいです。

「できれば、同じ仕事は受けたくないですね」

その言葉に集まっている人たちが頷いています。失礼ですね。

同じ仕事と言いましても、私は単独で依頼を受けていますので、他のパーティーと組むことは滅多にありません。

「お前ら全員でかかっても、アリシアに勝てないのに文句を言うな」

ギルドマスターは反対意見を押しつぶすように、威圧しています。まぁ、これも否定することではありません。

「いいかよく聴け。今回の依頼はカルバン商会からの依頼だ」

カルバン商会ですか。この国の中でも老舗の商会ですが、最近あまり事業が上手くいっていないと噂になっていますね。

「北のヴァランガ辺境領から荷を運んでいた隊商が壊滅した」

その言葉に集められた人たちがざわめき出します。隊商といっても老舗商会なら護衛も雇っているでしょうし、熟練の旅に慣れた商人たちで編成されていることでしょう。

「場所は死の森に隣接している深淵の森だ」

「深淵の森っていっちゃぁ、普通は通らねぇだろう？」

　ギルドマスターの言葉に赤髪の男性が疑問を投げかけます。深淵の森は人の手が入っておらず、森が深く見通しが悪く魔物もいるため、通り抜けるには少々リスクがあります。

「どうも急ぎの荷を運んでいたらしい。北からまっすぐ王都に向かうには、死の森を通るか深淵の森を通るしかない。それ以外は、かなり大回りをしなければならないからな」

　その二択になるなら、深淵の森を通るでしょうが、普通はそのような選択はしませんね。いったいどんな荷を運んでいたのでしょうね。

「斥候に調べさせたところ、どうもゴブリンにやられたらしい」

　ゴブリンという言葉に緊張していた空気が、一気に和らぎました。このメンバーを集めて、いったいどんな魔物を討伐させられるのかと、戦々恐々の心境だったのでしょう。

「それも隊商が使っていたテントや装備品をそのまま使っているようだとも報告に上がってきている」

　これは、隊商の中身がゴブリンに入れ替わったと言っているのでしょうか？　隊商の規模が知りたいですね。あと、何を運んでいたか。

　私はすっと手を挙げる。

「何だ？　アリシア。まだ話の途中だ」

「うっさいハゲ！　隊商の規模と運んでいた荷を教えて」

「スキンヘッドだ！　ハゲではないといつも言っているだろうが！」

あれはハゲでいいと思う。気まぐれに面倒な仕事を押し付けてくるギルドマスターなど。

「はぁ。隊商の規模は五十人だったそうだ」

呆れたようなため息を吐きながら、ギルドマスターは説明を始めました。

「それから運んでいたのは帝国で作られた武器だ」

この言葉にざわめきが大きくなります。

五十人規模の隊商を壊滅させたゴブリンが、運んでいた荷である帝国産の武器を手にしているということですか。

アヴェネキア帝国。ここ近年、軍事に力を入れ周辺国を次々と呑み込んでいっている脅国なのです。十年前に若干十五歳で君主についた、テュランアリストス皇帝が領土の拡大を望んでいるらしく、十年でかなりの国々が併合または属国となっております。

その帝国から武器が流れ込んでいるということは、どこかの貴族が戦いの準備をしていると捉えられる行為です。露見すると騒ぎになることでしょう。

しかし、北からというのが痛いところを突かれましたね。この時期は北の国境に壁のようにある山脈の雪は解けておらず、隊商という規模での国境越えは、かなりハードルが高くなります。これは密輸ですか。

「アリシアを入れた理由がわかっただろう。五十人規模の隊商を壊滅させたというなら、その倍を想定している。そして、ゴブリン共をまとめ上げる存在だ」

「ギルマス。もしかして王都の近くにキングが居るって言うんじゃねーよな」

「確認はしていないが、想定内だ」

想定内ですか。良いでしょう。

そう言えば、一番肝心なことを聞いていませんでした。

「で、報酬はいくら？　それはがっぽりもらえるんだよね」

私が金額の確認をすると、周りから『これだから強欲のアリシアは』とか、『命より金ですか』とか『今回の依頼のヤバさ分かっていねぇーだろう』とかコソコソと聞こえてきました。

「報酬は歩合制だ」

「歩合制？」

ん？　これは聞き慣れない言葉が出てきました。複数の魔物を討伐するにあたって、複数のチームに依頼する言葉とは思えませんね。

するとギルドマスターは円卓の上に置いてあった箱から銀色の円環状の物を取り出しました。腕輪でしょうか？

「これはとある商会から使ってみてほしいと言われた魔道具だ。着けた者の討伐数がカウントできるらしい。仕組みも色々教えてくれたが、俺にはサッパリ理解できなかった」

そうですか。その腕輪の実験も兼ねての依頼というなら、これは報酬が高額になりそうです。

「そうだね。ゴブリンと言っても百体はいるコロニーで、ゴブリンキングが存在する可能性があり、帝国から密輸された武器を持っているということだね。これに危険手当をつけて、一体一万L（ラグア）だね」

「高すぎるに決まっているだろう！　十分の一だ！」

十分の一……千L……百体倒しても十万L……安い。

十万Lなんて一か月も暮らせません。王都で暮らす一般家庭で、四人家族の一日分の食費が三千Lと言われています。ほぼ食費に消費して終わってしまう報酬料ではないですか！

「安い！　一万は欲しい」

「駄目だ！　千でも高い方だろうが！」

「九千！」

「アホか！　誰がゴブリン一体に九千Lも出すんだ！」

私とギルドマスターの値段交渉に、呆れたような雰囲気が漂っていますが、ここは大事なところです！

「今回の依頼、出資者がいるよね。その魔道具の腕輪の試運転の料金が入っていない」

私が今は円卓の上の箱の中にある、中身を指し示しますと、ギルドマスターは苦虫でも噛み潰したような顔をしました。

「ウィオラ・マンドスフリカ商会。あそこは今乗りに乗っているからね。多額の実験料金を受け取っているはず」

「おい！　俺はウィオラ・マンドスフリカ商会からの依頼だとは言っていないぞ」

確かに言っていませんが、私も言っていないことありますからね。

「その銀の腕輪。特殊な鉱石でできているんだけどね。その鉱石をウィオラ・マンドスフリカ商会と取り引きしたのは私。原石でいくらになったかなぁ……」

「あー！　わかった！　五千だ！　それ以上は出せん！」

私が裏事情を知っていると理解したギルドマスターは慌てて値段を釣り上げてきました。

「それでいいよ」

交渉が成立したギルドマスターは力なく、円卓に肘をついて手の甲を額に押し付けています。

「あとは、お前らで、作戦を決めてくれ」

いいえ、後のことを全て放棄しました。

「じゃ、明日の昼でいいんじゃねぇ？」

作戦というより、赤髪の男性が日にちを指定してきました。円卓を囲んでいる人たちは同意するように頷いています。

明日ですか……。私は右手を上げて発言します。

「白の曜日は、冒険者家業は休みだから駄目」

「それはテメェの都合だ」

確かに私の都合ですが、とても大事な予定が入っているのです。曜日というのは七つあり白・黒・赤・青・緑・黄・紫の順で巡り、これで一週間となります。その内の白の曜日だけは絶対に冒険者業はしないと決めているのです。

「別の日にして」

「だったらテメェは抜けろ『黒衣のアリシア』」

予定か仕事かを取るかとなれば、もちろん予定です。

「あっそ。じゃ、私は抜けるよ」

お金は魅力的ですが、別の依頼を受ければいいこと。私はスッと立ち上がる。

「ちょっと待て！　イスラ！　アリシアは入れておけ！」

復活したギルドマスターが赤髪の男性に考え直すように声を上げました。しかし無理をして、白の曜日に受けるほどではありません。

「ハゲ。私は白の曜日には絶対に依頼は受けないから」

「アリシア待て！　出ていこうとするな！」

出ていこうとすると引き止められてしまいました。

「未確認情報だが、ゴブリンだけじゃないかもしれん。死の森の魔物が混じっていると厄介だ。Aランクのアリシアは入れろ」

「ああ？　他のAランクのヤツでいいじゃないか！　そいつにこだわる必要はねぇ」

他のAランクの人たちですか。まぁ、いいのではないのですか？　深淵の森が毒の森になるかもしれませんが。それとも灰燼(かいじん)に帰すか、それとも怪しい魔導生物に埋もれるか……きっとろくなことにはなりませんね。因(ちな)みに魔道生物とは人工的に作られた物で、生き物と魔術を合成することで成り立った物で、一言では言い表せられないほど……いいえ、これは作った者の性格を大きく反映する生き物と言っておきます。


「あの……」

淡い紫の髪を三つ編みにしている女性が手を上げています。

『槿花の夢』のリーダーのミュラです。『槿花の夢』は珍しく女性だけのグループなのです。

「毒花のカラベーラさんには殺されかけたから嫌です」

「あっ！　俺たち爆炎のルイフの旦那に燃やされかけたから勘弁してくれ」

「隻眼のクルムのヤローはちょっと……」

次々とAランク冒険者に対する否定的な意見が出てきました。一度一緒に仕事をすると、あの人たちの超越した力をその身で体験することにはなりますね。最後のクルムの二つ名が隻眼とありますが、義眼の代わりに魔道生物を右目に入れるという狂いっぷりから隻眼と言われています。両目あるように見えますが、気を付けるようにという意味ですね。

「そうだろう？　まだ、アリシアの方が生き残れるだろう？」

「ハゲ。それはどういう意味？」

「スキンヘッドだと言っているだろうが！　意味はそのままだ！　討伐の日程は今晩にしろ」

このハゲは私のことをどう思っているのでしょう？　私は他のAランクの人たちのような酷いことはしていません。

しかし、今晩ですか……私は立ったまま腰に手を当てて、はっきりと言います。

「夜の依頼は受けないって言っているの覚えていないわけ？　このハゲ！」

「さっきからハゲハゲと煩いぞ！」

「何度も同じことを言わすハゲが悪い！」

私は昼間の依頼しか受けないって何度も言っているし！

「ったく、Ａランクの奴らはなんでこうも、面倒くせぇーんだ？　ぜってぇーに頭がおかしいだろう！」

「これはあれですよ。常識というものがあると、Ａランクに成れないということでしょう」

赤髪と金ピカが失礼なことを言っています。

「はぁ？　文句があるなら喧嘩を受けるけど？　申し込み料は十万Ｌね！」

「誰が金を払ってまで喧嘩をするか！」

赤髪は相変わらず声が大きいですね。そんなに叫ばなくても聞こえていますよ。

「だったら間をとって明日の早朝で良いんじゃねぇ？」

Ａランクのクルムの魔導生物と戯れていたことがある青髪の男性が発言しました。どこが間なのかはわかりませんが、早朝であれば譲歩できます。

「ピンクの怪しい生物にまとわりつかれていたことだけあって、良いこと言うじゃない」

「アリシア！　思い出させるんじゃね！」

「ピンクの生物？」

「もしかしてアレか？　あの使役しているピンクのヤバい物体！」

「まとわりつかれていた？」

ピンクの怪しい生物というだけで、何か思い当たる人は多いですね。知っている人は同情するような視線を青髪の男性に向けています。

「それじゃ、集合は早朝三時。『深淵の森』の南の入り口」

二時間か三時間ほどで終わらせればいいのです。作戦はそうですね。一斉攻撃でいいでしょう。

「歩合制の依頼ならアリシア。テメェは単独で行動しろ。こっちはこっちで作戦を立てる。ただこちらが合図を送るまで動くな。それでいいだろう？」

あら？　赤髪が私を外して作戦を立てるようです。まぁ、それでよいでしょう。

私は頷いて席を立ち、会議室を出ていったのでした。

第二話　強欲のアリシア

沈みゆく月が支配している空の下。切り立った崖を背にしてテントが張られた場所を見下ろします。

数にして二十。その中でもひときわ大きなテントがありますので、元はこの隊商のリーダーが使っていたものでしょう。旅をするには少々大きすぎるような気がしますね。権力の誇示でしょうか。

しかし、今回の依頼は話に聞いていた以上かもしれません。

ゴブリンはそれほど知能が高くないはずですので、この群れのボスの知性が高いのでしょう。この規模の隊商を丸ごと奪って、己の物としているのですから。


はぁ……集合は早朝三時と言いましたのに、冒険者たちはやっと森に入ったぐらいですか。今は四時半です。いいえ、逆に良かったのでしょう。

眼下のゴブリンたちは夜の時間が終わりを告げる朝日が昇る前に、テントに戻っていっています。テントに入らないモノは、見張りなのでしょう。

そのまま森に点在している気配とテントの周りを移動している気配があります。

森の見張りは倒しておきましょう。誰かが見つかって作戦というものが台なしになってしまっては、可哀想ですからね。それにこの腕輪の精度も気になります。

私は右の手首にはめられた銀色の腕輪を見ます。鉱石とは思えない作りですが、原石を知っている私からすれば、よくも綺麗に加工できたものだと感心するものです。

かがみ込んだ私はその腕輪をはめた右手で、足元の岩石を掴みます。そのまま指に力を込めると、岩は欠片（かけら）となって私の手の中に入ってきたので、握りこぶし大の石を手の中で握って小石程度に砕きました。

さて、森に点在するゴブリンの数はと……一、二、三……全部で十五ですか。握り込んだ小石をジャラジャラと上に投げながら、位置を確認していきます。そして、まとめて大きく上に投げ、順に落ちてくる小石を次々に手にとって投げていきます。

普通はよく飛んで下のテントが集まっているあたりぐらいでしょう。しかし、私が投げた小石は闇を映した森の中に消えていきました。

そして、興味津々で銀色の腕輪を見ます。この腕輪には倒した数が浮かんでくるそうなのです。

……何も変わりません。

もう少し待ちます。

……私は森に視線を向けます。

ゴブリンの気配はありません。もしかして、これは直接攻撃にしか反応しないのでしょうか？

なんてことでしょう！　七万五千L（ラグア）も損をしてしまいました！

悔しさに身を震わせていますと、空との稜線が徐々に白くなってきました。

気を取り直して、眼下に視線を向けます。

まだ冒険者たちは森の中を移動していますので、もう少し時間がかかりそうですね。


森の中から光が発せられ、合図が送られてきました。

私はそびえ立つ崖から飛び降り、野営を装ったテントの一つに目をつけます。

腰からショートソードを二本抜き、両手で構え、そのままテントに突き刺すように突き立てます。分厚い布越しに当たる感触。

私が上から落ちてきたことで破壊されたテントから抜け出そうとしているゴブリンにショートソードを投げつけます。

「グギャッ！」

濁った声と共に倒れる音が耳に入ってきました。

ゴブリンだけで、このような大規模な隊商を殆ど無傷で奪えるものなのでしょうか？

疑問に思いながらもゴブリンの頭部に突き刺さったショートソードを引き抜き、赤紫の血液を振り払い、次の獲物を見定めようとしていますと、森の方から火の手が上がりました。

まさか、そのまま焼き討ちにするつもりですか！　それだと報酬がもらえなくなってしまいます！

全てが火に焼き尽くされてしまう前に、決着をつけなければ！

私は地面を蹴り、何事かとテントから顔を出したゴブリンの首を落とし、駆け出します。

「風（アモネス）」

地面に設置されているテントを魔術の風で根こそぎ吹き飛ばします。視界を邪魔するものは必要ありません。

そんな私の背後から重そうな剣を振るってくるゴブリン。小柄なゴブリンにはそのような重量感のある剣は扱えていません。剣に振り回されている感じです。

私は剣ごとゴブリンを斬る。そのまま前方にいるゴブリンの首を刎（は）ねました。

冒険者たちはまだ見張りのゴブリンと戦っているようで、こちらの方には来ていない。その間に終わらせておきたいものです。

地面を強く蹴り、更（さら）に速度を上げ、私に向かってくるゴブリンを屠（ほふ）っていく。ゴブリンほどの小物なんて、大したことはないです。伊達（だて）に冒険者のAランクを名乗ってはいませんよ。

私の前には風の魔術でも吹き飛ばされなかった大きなテントがあります。そのテントを壊そうと手をかけたところで、手を止めました。

ゴブリンがコロニーを形成すると、必ずと言っていいほど、女性が囚（とら）われます。何度か遭遇しましたが、憤りしか感じません。

中の気配を探りますと、大きな気配が一つ。珍しく女性が囚われていないようです。いいえ、隊商に女性がいなかった可能性があります。

秘密裏に国境を越えなければならないのでしたら、体力がある人材を選んだのでしょう。

息をはいて、大きなテントを風の刃で切り刻んで、中にいる存在の姿を確認します。

大きな存在は……なんでしょうか？　ゴブリンキングっぽくありませんね。

朝日が徐々に世界を照らし始め、私はその存在を目に映すことができました。

見た目は大きな人という感じです。そして瞳は血のように赤く六つの瞳が私を見下ろしてきます。

二本出ているのが見えます。漆黒の皮膚に筋肉質の身体。ただ漆黒の髪の隙間から漆黒の角が
オーガですか？　しかし、私が知るオーガの姿ではありません。

まぁ、どのようなモノでも良いです。私が倒すべき相手は目の前の存在なのですから。

は？　白銀の刃が目の前に！　身体を捻り、大剣を避けます。速いです。

空を斬った大剣はそのまま、横にスライドし私を真っ二つにしようとしてきます。

大剣を二本のショートソードで受け止め、そのまま大剣を弾き返す。大剣は私の攻撃に耐えきれず
に、ヒビが入りました。

帝国製とは言っても量産品なのでしょう。鍛錬度が足りないですね。

武器が使えなくなった漆黒の魔物は、唸り声を上げて私に拳を振るってきます。スピードが速くても
当たらなくては意味がありません。

私は背後に回り込み、その首を断ち切ります。これで終わりです。

『――――――――――！』

声にもならない断末魔が森一帯に響きわたります。倒れゆく巨体に視線を向けます。

結局、何の魔物かわかりませんでしたわ。

しかし、普通の冒険者であれば、この魔物は脅威だったでしょう。巨体にも関わらずスピードが速く、私の打ち合いに負けていましたが、力もかなりありました。

私には問題にもなりませんでしたが。

「あら？」

朝日に照らされて倒れゆく巨体の影がまるで沸騰しているかのようにボコボコと沸き立っています。

嫌な予感がして右手を前に掲げます。

「爆炎（エクスプロージョン）！」

全てを燃やし尽くす炎の魔術。漆黒のオーガ型の魔物を燃やし、灰に変えていきます。

「逃げられた！」

影の中から黒い獣形のモノが数頭ほど出ていってしまいました。

私は大声で叫びます。

「黒い獣を倒せ！」

四つ足の黒い獣の足は漆黒のオーガ型の魔物と同じくスピードが速く、森の南の方に向かっていってしまいました。影から魔物が出てくるとは、本当にこのオーガ型の魔物は普通ではありません。

その方向には冒険者たちが戦っています。アレぐらいは倒してもらいましょう。

「アリシア！　テメェー！　何をしやがったー！」

赤髪の叫び声が聞こえてきましたが、未だに入り口付近のゴブリンと戦っている人たちに文句を言われたくないですね。

「一匹抜けていきましたー！」

『槿花の夢』のリーダーのミュラの声が響いています。彼女たちには、まだ厳しい相手だったのでしょう。仕方がありません。

私は地面を蹴り、『槿花の夢』のリーダーのミュラの元に赴きます。

開けた場所を通り抜け、目の前のゴブリンを切り飛ばし、ミュラの前に立ちます。

「コロニーの中とボスは倒したから、雑魚は任せた」

「アリシア。速すぎて抜けられてしまったよ。アレは何？」

「さぁ？　私にもわからない」

それだけ言って、私は再び地面を蹴ります。

あとの魔物は彼らに任せればいいでしょう。

私は逃げた黒い獣に追いつくべく、まだ日の光が通らない黒い森の中を駆け抜けます。

その先から叫び声が聞こえてきます。

え？　この『深淵の森』に人がいるのですか？

こんな早朝に？

更に速度を上げて悲鳴の元に向かいます。三人組の冒険者ですか？　しかし、首に掛けられたタグの色からいくとDランクのようです。

冒険者の一人の首を噛み切ろうとしている黒い獣の首根っこを摑みます。

獣の大きさは人とあまり変わらない大きさですね。

「え？」

「あ……助かった」

「ハァハァハァハァ」

近くでタグの色を確認しても灰色のタグはどう見てもDランク。駆け出しの冒険者です。

「ねぇ。何故こんな早朝に『深淵の森』に来ているわけ？」

首を押さえられ身動きが取れない黒き獣は私の手から逃るため噛みつこうと身を捩っていますが、腹部を蹴り上げ大人しくさせておきます。

しかし、この獣形の魔物も見たことがないですね。

一見、魔狼のように見えますが、赤い瞳は六つあり、鋭い牙はノコギリのようにギザギザとしています。尾も三つですか。本当にこの魔物はなんでしょうか？

「ねぇ。答えられないの？」

安心した顔をしている冒険者たちによだれを垂らしながら、牙をガチガチと合わせている黒い獣を近づけます。

「ひっ！」

「あ……いや……俺たちは……イスラの旦那がゴブリンを討伐するって聞いたから……」

「ゴブリンぐらい俺たちにも倒せると思って……」

はぁ、あの赤髪が今回の依頼の情報を漏らしたようです。なんのために会議室でわざわざ話し合いをしたと思っているのですか。今回は一般的に知られると問題が発生するため、秘密裏に処理をしなければならいことだと、赤髪の頭にはなかったのでしょう。

だから、未だにBランクなのですよ。

「ここは『深淵の森』ってわかっている？　Dランクが来るところじゃない。赤髪の愚行はギルドに報告だね。それじゃ、私はこの手を放して帰るね」

「は？」

「ちょっと待って！　それって……」

「俺達じゃ倒せない。そんな魔物」

自分の力を過大評価した者にはお仕置きが必要ね。

危機的状況にいつも助けが入るとは限らないのだから。

「だって君たちは、ここが『深淵の森』だって知って来たんだよね」

「あ……」

「そうなんだけど」

「イスラの旦那と一緒にいれば……」

ああ、何かあれば赤髪に守ってもらおうという魂胆だったわけね。

「それは無理じゃないかなぁ」

私は先程居た森の奥に視線を向ける。中々手こずっている感じだね。

「『英雄の聖剣』たちはこの黒い獣を倒すのに必死だからね。助けを求めても無理だね。それじゃ、交渉しようか」

「交渉？」

「君たちを助けてあげるから、私に一人五千L払いなさい」

「「「は？」」」

三人の冒険者たちは私の言葉が理解できないのか、ぽかんと口を開けて思考停止してしまっています。

「本当なら十万L欲しいところだけど、命の対価としては安いものでしょう？」

お勉強代ね。冒険者なんて命を失うのは一瞬。ゴブリンだからといって場所を考慮しなかった考えの浅はかさ。今回は私が助けたけど、次は無いかもしれない。お勉強代としては安いものね。

「手、放していい？」

「ちょっと待て！　払う！　払わせていただきます！」

一人ひとりから五千Lを受け取った私は、黒い獣を切り刻んで、森の中に打ち捨てた。

そこ！『流石、強欲のアリシア。Dランクにも容赦がない』とか言わない！

現金を受け取った私は機嫌よく王都に向かって駆け出したのでした。今回の依頼はまずまずの金額になりそうですね。

しかし見たことがない魔物との遭遇には首を傾げてしまいます。ゴブリンキングともオーガとも違う謎の魔物。

そして影から出てきた黒い獣形の魔物。Ｂランクでギリギリ対処できる強さですね。まぁ、速さに対応できれば、大したことはない魔物です。

森の奥から爆音が響いてきますが、今日は予定がありますので帰りますね。

第三話　ちょっと話が違うのだけど？

王都の冒険者ギルドに戻って来ました。建物の中は閑散としており、冒険者の姿は見られません。

その広い室内の奥にはカウンターがあり、そこにはいつもは居ない厳(いか)つい体格のハゲのおっさんがいます。ギルドマスターですね。

「ちょっとさぁ。話が違うのだけど？」

カウンターの前に立った私はハゲのおっさんに文句を言います。あれはBランクだけじゃ対処は無理だった。

いいえ、それを感じ取っていたからギルドマスターはAランクを討伐グループに入れようとしたのでしょう。

「一番に戻ってきた早々に何を言っているんだ」

呆れたような声が私の耳をかすめます。しかし言っておかないとならないことがあります。

「ゴブリンはいた」

「そうだろうな」

「でもコロニーをまとめていた存在は、かなりの知能があると思えた」

「どういうことだ？」

かなりの知能が無ければ、あの規模の隊商をそのまま奪うことはできない。戦っていてそう思ったのです。

テントが綺麗すぎたと。惨劇があれば、テントの中は血まみれだったと思います。

「恐らく隊商は森を移動中に襲われと考えられる。そしてゴブリンたちは崖を背にした場所でコロニーを作って木々を切って場所の整備をした。森とコロニーの境界は木が密集して生えているように見えたが、どうも気を切り倒した木をそのまま杭みたいにぶっ刺して壁のようにしていた」

これがBランクの冒険者たちが見張りに手間取っていた理由です。

杭の外を巡回するゴブリンを倒せても、木の幹を壁とした中から攻撃するゴブリンに対処するためには、攻撃力が高い魔術で木の杭ごと破壊しなければならなかったのです。

「あのまま放置していたらヤバかったね」

「ゴブリンロードだったとか言うんじゃないよな」

ゴブリンロード……恐らくそれよりも強者だったと思われます。私はサクッと倒しましたけどね。

「それがさぁ、見たことがない魔物でゴブリンともオーガとも違ったんだよね。ということで報酬の割増をよろしく！」

私はそう言って右手から外した腕輪をギルドマスターに突きつける。

「何を言っているんだ。一体は一体だ。金額は変わらん」

「は？　何言っているわけ？　あれは絶対に普通じゃなかったし！　目が六つあるオーガっていう感じだったし！　しかも影から目が六つある魔狼を出してきたし！」

「だからAランクのアリシアに依頼したんだろうが！　ゴブリンに五千出しているんだ！　こっちは赤

字だ！　なんだ？　この百五十三っていう数字は！」

腕輪を確認したギルドマスターが叫んでいます。それは私が倒したゴブリンの数プラス、謎の魔物と謎の魔狼の数を合わせたものです。

「それ遠隔で倒した数は入っていないから。直接攻撃したモノだけカウントするみたい。改良を要求するね」

「確かにアリシアの分だけ機能の制限をしたのを渡したのだが……七十六万五千L（ラグア）……全然制限されていない」

「はぁ？　私の分だけ機能の制限ってどういうこと！」

私はカウンターをバンバンと叩きながら抗議をする。倒した数だけの歩合制というから頑張ったのに、それはないと思います。

「こうやって、根こそぎ倒すからだろう！　ゴブリン一体に五千も支払う身にもなれ！」

「ちっ！　まぁいいから、お金を支払ってよね」

「舌打ちしたいのはこっちだ！」

そう言いながらも、ギルドマスターは金額を書いた紙にサインをして渡してくれました。

「明日には振り込んでおく」

書かれた金額を確認しますと、七十六万五千L（ラグア）、ぴったり過ぎる金額です。あの謎の魔物分の加算料金が入っていません。

「情報料ぐらい加算してよね」

「普通はゴブリンのコロニーだと、十万を山分けするのが妥当だ。七十万は情報料とボス討伐料金だと思え」

本来の私の取り分は六万L（ラグア）だと言いたいのですか。

「あとさぁ、あの赤髪がべらべらと今回のゴブリン討伐の話を漏らしたらしくて、Dランクのヤツが『深淵の森』に来ていたけど？　襲われているところを助けてあげたけど？」

「はぁ」

ため息を吐いたギルドマスターは、私から紙を取って、書き直したものを差し出してきました。

八十万L（ラグア）ですか。まぁいいでしょう。

「これで良いよ。明日、絶対に振り込みしといてよね」

「これで良いよ、じゃない。しかしお前には、面倒な依頼を受けてもらっているからな」

これは面倒なことをこれからも依頼するということでしょうか？　でも、高金額の依頼なら勿論受けますよ。

「それじゃ私は帰るよ。早朝からギルドマスターが受付に座っているという珍しい物が見れたしね」

「今回のことは人に任せられねぇから、俺がここに座っているんだよ！」

そうですよね。流石に今回の件は他の人に知られると問題があるので、ギルドマスターが直接対応しますよね。

何れ（いず）カルバン商会は国からの調査が入るでしょう。私には関係の無いことですが。

冒険者ギルドの建物を出て、北に向かって王都の大通りを歩き出します。今の時間は朝の六時を回ったぐらいです。初夏の太陽は王都を照らし、人々の活動を促しています。

今はまだ、王都の街の中は静かなものです。白い石畳の大通りには建物の影が大きく映しだされています。商業施設が多く在るこのあたりは住宅が少ないため、特に人通りが少ないです。

視線を上げますと、遠くの方に太陽の光を反射している白い王城がそびえ建っているのが見えます。

私はその王城が見える方に早足で進んで行きます。

このような時間の王都も静かでいいものですね。もう少し時間が経てば、人々が行き交い、お店が開店し、王都の街は賑わいを見せるのです。

ふと店の窓ガラスに視線を向けますと、腰までの黒い外套を羽織り、フードを深く被った怪しい人物が目に入ります。

ああ、これでは駄目ですわね。人の視線がないことを確認した私は右手を突き出し、亜空間に手を入れます。

傍(はた)からみれば、途中で腕が切れているように見えることでしょう。

しかし、亜空間収納という魔術で作り出した空間に収納している物を取り出そうとしているだけなのです。そこから少し上質な生地で作られた栗色の長めの外套を取り出し、まといます。

すると庶民にしては上品な雰囲気が漂う、貴族の下働き程度の様相にはなりました。

私はその姿で足早に王都の朝の街を抜けていきます。

二十分ぐらい歩いた頃でしょうか。視界の端から端までぐるりと高い壁がそびえるところに出てきました。これは王都の区画を仕切る壁です。

今私がいるところは、庶民が住まう第二層です。

その第二層の端には、人を拒む高い壁があるのですが、私が進んできた大通りの突き当りには、大きな門が存在し行き来が可能となっています。

私はその大きな門の横にある小さな門に向かいます。そこはちょうど人が通れるほどの門があり、常時通行を管理している騎士の方が立っているのです。

私は黒い隊服を着ている騎士の方に、手のひら大の金属の板を見せます。それには複雑な紋様が記され、通行の許可証代わりになっております。

「おはようございます」

「ガラクシアース伯爵家の方ですか」

「はい」

私が提示した紋様は竜を象(かたど)ったガラクシアース伯爵家の家紋です。この板は、金属の種類でその身分を示しています。

私が提示した板は灰色です。下働きの下女や下男に与えられる身分証となります。

因みに貴族に仕える契約を交わすときに、これを使って悪事を働けないように、誓約として組み込まれています。

「通ってよし」

本物の身分証と確認できれば、このように通行の許可が得られ、扉が開くのです。

私は金属の板をしまい、門を抜けていきます。

門を抜けた先は第一層。通称貴族街と呼ばれるところです。

見上げるほど高い壁を背にした先は、先程の街とは違い、一見石畳の道しかないように見えます。道の脇には生け垣や石壁が延々と続き、それを隔てる高い壁があるといった具合です。

しかし、それは貴族が所有する敷地が広いため、ここからは建物が見えないだけです。

第二層の街と比べると整然とした雰囲気が漂う第一層の道を、足早に歩いて行きます。この時間は馬車通りが少なくていいですね。

いつもはここを歩いていると、不審人物を見るような視線を受けます。

この場所は南地区といい、古くから貴族として君臨している家が軒を連ねている区画なのです。ですから、一番身分の低い下女にすら、馬車を用意しない貴族はどこだと奇異な視線を向けられるのです。

今日はそんな視線を受けずに、足早に進んでいますと、真っ白な建物が見えてきました。その建物の上にはモニュメントが掲げられています。

この白い建物は神に祈りを捧げるための教会です。私はその教会の手前にある生け垣の隙間と言って良いところに入っていきます。

生け垣の隙間とは、門の残骸だけがあり、門の意味をなしていないのです。

その先には雑草がところどころに生えた庭が広がり、奥には四階建ての屋敷が見えてきました。

ここが私の帰る場所、ガラクシアース伯爵家の王都の屋敷になります。

遠目には建物の様式が古いことから、威圧感も感じる程の立派な建物ですが、よく見るとあちらこちらに修繕の跡が見え、しかも修繕が追いついていないことが見て取れます。

「お嬢様。おかえりなさいませ」

屋敷に向かう私を出迎えてくれたのは、白髪の腰が曲がった老人です。

「爺や。ただいま。今回もたくさん稼いできたわ」

「お疲れ様でございました」

爺やはガラクシアース伯爵家の使用人です。主に庭の整備や馬車の御者（ぎょしゃ）をやってもらっていますが、如何（いかん）せん年老いていますので、無理はさせられません。

「朝食はどうなっているの？　今帰ってきたところだから、間に合うかしら？」

「朝食は婆が作っておりますよ」

「あら？　ばあやが？　それは悪いことをしたわね」

私は玄関扉ではなく、屋敷の横の勝手口から屋敷に入っていきます。

そこには爺やと同じぐらいに歳めいた、老婦人が大きな鍋を前にして鍋の中身をかき混ぜていました。

「ばあや。ただいま。朝食を作るのを代わるわ」

「おや、お嬢様。おかえりなさいませ。ほとんど作り終えております故、先にお着替えをしてくださいませ」

白髪の老婦人はニコニコとした笑顔で私に言ってきました。確かに汚れた姿のままでは料理をするのはためらいます。

「そうね。着替えてから、また戻ってくるわ」

私は着替えるために、自分の部屋に戻っていくのでした。

私の部屋にはこれと言って物は存在しません。文机にベッドにクローゼット。がらんとした広い部屋にはそれだけしかありません。

外套を取り、冒険者の衣服を脱ぎ、クローゼットから取り出したエプロンドレスを着ます。

エプロンドレスはいわゆる作業着です。汚れても汚れが落ちやすい生地で作られており、しかも分厚く丈夫ですので、何度洗っても傷みが少なくて便利なのです。

姿見を見ると、汚れてもいい黒いエプロンドレスを身に着けた長い白髪の十八歳の女性が、光を反射する金色の瞳で私を見てきます。

これが私の本来の姿であり、フェリシア・ガラクシアース伯爵令嬢の姿でもあります。

え？　黒髪はって？

貴族の娘がお金を稼ぐことはよろしくないという風潮がありますので、私が冒険者としてお金を稼いでいることがバレるのは絶対に避けなければならないのです。

ですから、全く違う人物にみえるように黒髪黒目のアリシアという平民を装っていたのでした。

冒険者なんて、貴族の令嬢らしくないですか？

それは育った環境が特殊だったからですね。

魔物の首根っこを押さえられる貴族の令嬢は普通はおりません。

理由を述べるのであれば、それは私がガラクシアースの一族だから、という一言につきます。

さて、ばあやの手伝いにキッチンに向かいましょうか。

第四話　朝の日課には戦闘訓練が入ります

「ばあや。悪かったわね」

キッチンに入ると、腰が曲がった白髪の老婦人が背の高い戸棚からお皿を取り出しているところでした。

「ばあや。あとは私がやっておくから、休んでいて」

ばあやが取り出そうとしている皿を私が手に取り、戸棚から出していきます。

「フェリシアお嬢様。ここはもう盛り付けだけですので、クレアお嬢様と坊ちゃまのお相手をしてあげてくださいませ」

壁に掛けられた魔道式時計を見ますと、六時半を回っています。もうこんな時間になっていたのですか。

「それなら、エルディオンとクレアの様子を見てくるわ」

今日は朝に用事がありましたので、時間の進みが早いですわ。

私は先程入ってきた勝手口から外に出ました。広い敷地内を歩いていますと、掛け声が聞こえてきます。

「はっ！」

「やぁっ！」

「ふっ！」

「えいっ！」

声の元を探していますと、何もない広い庭で二人の人物の姿が見えます。二人は何も持っていない両手を前に構えて、手合わせをしていました。

「エルディオン。クレア」

私がその二人に声を掛けると、その二人は私の声に気が付き、こちらにやって来ます。

「姉様。おはようございます」

「お姉様。おはようございます。今日はどうだったのですか？」

「エルディオン。おはよう」

エルディオンは私の二つ下の弟になります。

弟は私と同じガラクシアース独特の白髪金目で、我が弟ながら、可愛らしい容姿をしております。

いつもニコニコとしていますが、私の一番の心配の種はこのエルディオンなのです。

「クレア。おはよう。その話は朝食のときにしてあげますよ」

クレア。クレアローズという名で十三歳の妹になります。

妹も私と同じく白髪に金目を持っていますが、その目には意志の強さが感じられます。

この二人が私の血のつながった姉弟であり、王都にはこの三人と使用人である爺やとばあやと五人で暮らしているのです。

「今日は時間があまりないですが、訓練を始めましょうか」

「はい！」

「はい！」

訓練。それは戦闘訓練です。

「エルディオン。今日も最近の課題の、力の加減をしていきましょう。私の剣と競り合うぐらいの力加減で扱うのですよ」

「はぁ。姉様。わかったよー」

エルディオンは項垂れながら亜空間に手を入れ、剣を取り出しています。力加減というのは勿論、弱い力で剣の競り合いをするということです。

私は片手で岩を砕き、握りつぶして細かく小石化できるのです。エルディオンも同じことをしろと言えばできるのです。

しかし、力が強ければいいというものではありません。

今のエルディオンにはこれが一番の課題となっています。

「クレアは、私に一撃を入れることね」

「はーい！　お兄様。今度こそお姉様を打ち負かしましょう！」

クレア。エルディオンは私に勝つのが課題ではなくて、引き分けに持っていかなければならないのですからね。

「僕は手伝えそうにないかな？」

エルディオンはそう言って私に剣を振るってきました。

私はショートソードを亜空間収納から一本取り出して構えます。少々力を抜きながら。

「くっ！」

しかし、エルディオンの剣は私の剣を弾きます。

「エルディオン。相手の力を見極めるのですよ」

再び私に剣を振るうエルディオン。

私の背後から拳を振るってくるクレア。

そのクレアの拳を左手で受け止め、クレアの身体を回転させるように下に攻撃力を向けさせます。

「うひゃ！」

「クレア。ただ死角から攻撃してくるだけでは駄目ですよ」

地面に転がされたクレアは再び、地面を蹴って私に攻撃をしてきます。

エルディオンには力に強弱をつけて剣で受け止め、クレアには片手で往なしていきます。

それを続けること数十分。

「朝食の準備ができましたぞ」

爺やの声で今日の訓練は終わりです。

私はショートソードを片手に悠然と立っていますが、エルディオンは剣を手放して地面に倒れています。

「姉様。難しすぎ」

これができなければ、これから苦労するのはエルディオンですよ。

「くやしー！　全然当たらないー！」

クレアは叫びながら私に拳を繰り出してきています。朝食の時間ですよ。仕方がありませんね。

右手に持ったショートソードを地面に落とすように亜空間収納にしまい、拳を握ります。

そして身を屈め、一撃をクレアの左頬ギリギリに繰り出します。

その速さにクレアは対応できていません。身を硬くしたクレアの胸ぐらを掴んで空に放り投げ、倒れているエルディオンの上に落ちるようにします。

「うぇ？」

「おねえ様ー！」

エルディオンは起き上がって、落ちてくるクレアを肩で担いで、受け止めました。

「二人共。着替えてきなさい。朝ご飯にしますよ」

「はーい」

「お兄様！　いつも言っていますが、乙女を受け止めるのであれば、お姫様だっこですわよ！」

「えー。受け止めたのに怒られるのー？」

二人を引き連れて、私は爺やと共に屋敷の中に戻っていきました。


私はそのままキッチンに赴き、ばあやが作ってくれた朝食を木の器によそっていきます。

貴族であれば見栄を張って陶磁器の食器を使うのですが、我が家には借金を抱えるほど貧乏ですので、庶民と同じ木の器を使っているのです。それをダイニングに運んでいきます。

朝食の配膳が終わったぐらいにエルディオンとクレアがダイニングにやってきました。

「お腹空いたー。あ、ばあや。おはよう」

「坊ちゃま。おはようございます」

「今日はばあやが作ってくれたって爺やに聞いたわ。私、ばあやのスープ好きよ」

「おはようございます。クレアお嬢様。婆のスープが好きだと嬉しいことを言ってくれますね」

「あ。おはよう」

朝の挨拶をしながら、二人は席に付きました。私は二人の向かい側に腰を下ろします。

貴族の食卓といえば、大きなダイニングテーブルですが、我が家では庶民の家族が食卓を囲む程度のテーブルしかありません。

私の両側の斜め前には、ばあやと爺やが席につきました。

この屋敷には五人しか暮らしていません。ですから、使用人も家族と同じ食卓を囲んでいます。

「我らガラクシアースの守護神であるネーヴェ様に、今日の糧を得られたことを感謝します」

「「感謝します」」

神に祈りを捧げ、朝食に手をつけだします。

「お姉様。それで今日のお話を聞かせてください」

クレアは金色の瞳をキラキラさせて、興味津々で聞いてきます。今日の話というのは、今朝の依頼の話のことです。私が冒険者としてお金を稼いていることは、家族には説明しています。普段は日中に出かけていますからね。

エルディオンも私の話を聞きたいのか、ニコニコと笑みを浮かべて私に視線を向けてきています。

「今日はゴブリン討伐ね。王都の側にコロニーを作っていたようだから、緊急的に対処する必要があったのよ」

「え？　ただのゴブリン？」

「そうよ。二百ぐらいのコロニーね」

家族と言っても、言って良いことと悪いことがあるのはわかっています。場所がどこにあったとか、どんな過程で依頼されたとか、ボスが何であったとか。

まだエルディオンとクレアは一人で活動していいと許可が出ていないため、私が話すことはありません。

未熟ということです。

「二百ですか。それほどの数をまとめるボスは中々のモノでしたでしょう」

爺やがボスのことを聞いてきました。

確かにそれほどの巨大なコロニーでしたら、ボスがいるのは必然的。

「そうでもなかったわよ。所詮ゴブリンのボスですもの」

「フォッフォッフォッ。フェリシアお嬢様にかかれば、ゴブリンのボスなど片手で捻るほどでしょうな。しかし、ゴブリンのボスですか……」

爺やは最後の言葉をつぶやくように言いました。

恐らく私が何かを隠しているのに気が付いたのでしょう。

「坊ちゃま。早く召し上がらないと、遅れてしまいますよ。それとも婆が作った物は口に合いませんか？」

ばあやも何か気が付いたのでしょう。

まだ何かを聞きたそうにしているエルディオンに早く食べるように促しました。

私も食べてしまいましょう。

テーブルの上に並んでいる料理は、野菜がたっぷりと入ったスープとパンに赤い果実を四分の一に切られただけのデザート、以上です。

これでは庶民の朝食と同じと言っていいでしょう。

しかし、我が家の朝食はこれが普通なのです。

これにお肉を焼いた物が追加されることもありますが、ばあやが作ったので、これが今日の朝食です。

何故なら、我が家はとてもとても貧乏なのです。貧乏だけならまだいいのですが、多額の借金があるのです。

そして、貴族というものは何かとお金がかかるのです。

そのため、私が今日八十万L（ラグア）稼いだとしても、一瞬にしてなくなっていくのです。

ですので、この料理にもほとんどお金はかかっていません。

私が冒険者稼業で得てきた食材で作られています。

ああ、パンは流石にパン屋で買っていますよ。

「姉様。クレア。行ってきます！」

エルディオンはさっさと朝食をとって、慌てて席を立ちました。

「行ってらっしゃい」

「お兄様。何かあったら直ぐに戻ってきてくださいね。絶対にですよ」

「クレアは心配性だなぁ」

クレアは過剰にもエルディオンに言い聞かせています。

年下のクレアの言葉にエルディオンは、クスクスと笑いながらダイニングから出ていこうとしています。

「坊ちゃま。お昼のお弁当をお忘れですよ」

「あっ。ばあや、ありがとう」

片手で持てる布に包まれたものを手渡されたエルディオンは、片手を振って出て行きました。

「ねぇ、お姉様。お兄様のお弁当が日に日に小さくなっているのは気の所為？」

クレアはエルディオンに渡している包みの大きさを気にしています。

ええ、気の所為ではありません。

「今月も出費が多くて経費の節約よ」

「お姉様。これ以上節約されると、お兄様の学生生活に支障が出てしまうのではないのですか？」

学生生活。エルディオンは上位貴族の子息のみが通うことが許されている学園に通っているのです。

そうなのです。

上位貴族だけというのが私達の生活を圧迫している一つの要因となっています。

元々私たち姉弟のみだけで王都で暮らしているのは、エルディオンの学園生活を支えるためでもあるのです。

両親は領地のことや仕事のため忙しいので仕方がありません。

その学園で生活していくために色々な出費が重なっていき……本当に色々なのです。

エルディオンの昼食もままならないほどなのです。

高位貴族だけということは、普通であれば専属のシェフを伴って登校し、その専属のシェフが作った食事を食べるのが一般的だそうです。

しかし、我が家の現状は専属のシェフどころか、私の専属の侍女も居ない状態なのです。

ですから、エルディオンには昼食となるお弁当を渡して食べるように言っているのです。

「クレア。エルディオンのことよりも、貴女は淑女教育をばあやに教えてもらうのではないのですか？」

「え？」

なんですか？　『え？』とは。

クレアには王都にいる間に、貴族の令嬢としての付き合いをしてもらわなければなりません。王都には多くの貴族の方が滞在されています。その貴族のご令嬢の方々と良好な関係を築いておくのも大切な役目です。

実はその付き合いにもかなりの出費があるのです。貴族であるということは、何かとお金が必要なのですわ。

「クレアお嬢様。お勉強のお時間ですよ」

涙目のクレアはばあやに連れて行かれていきました。私も昼からの予定の準備をしてから、少し仮眠をしましょう。

準備といっても特にすることはなく、自室に戻った私は、ほとんど何も入っていないクローゼットを開きます。

そこにかかっているのは十着にも満たない衣服。

普段着のエプロンドレスが二着にアリシアとしての庶民の衣服が三着、外出用のドレスが三着。

全てが着古した感じがありありと見て取れます。

普段着のエプロンドレスは元々使用人の衣服を私が使いまわしをしています。しかし人目にふれることがありませんので、くたびれたエプロンドレスでも問題はありません。

同じく庶民の衣服も小綺麗な格好をしていますと、小者に絡まれて面倒ですので、ボロボロの衣服で構いません。

問題は外出用のドレスなのです。今日の予定は週に一度の婚約者とのお茶会なのです。前回はこっちを着たので、今回はこちらにしようかしら？

あら、裾がほつれているから、直さなければいけません。

これはお母様のお古のドレスですので、今では流行(はや)らない形のドレスです。

しかし、我が家には新しいドレスを買う余裕などありませんから、自分で補修して三着を大事に着回すのです。

補修しおわりましたら、少し仮眠をしましょう。

今日は日付が変わったぐらいから、仕事のために起きて動き出しましたので、少し眠たいですわ。

第五話　公爵令嬢と使用人

淡い緑色のドレスを着た私は、馬車に揺られて王都の第一層を移動しています。

目的地は私が今朝歩いた距離より断然短いのですが、貴族というものは体裁を気にしますので、すぐ近くでも馬車を使うのです。

その馬車はギシギシと音を鳴らしながら進んでいます。

この馬車もかなり年季を感じる作りです。

「お嬢様。そろそろ着きますぞ」

外から爺やの声が聞こえてきました。

爺やには御者をやってもらっています。

今朝はエルディオンを学園に送って行ってもらったあと、昼から私に付き合ってもらっているのです。

爺やの言葉に背筋が伸びます。

婚約者の屋敷に向かうには気合が必要なのです。

魔物を簡単にサクッと屠っているくせに、何を言っているのかと思われるかもしれませんが、私にとってはとても大事なことです。

ガタンと揺れて馬車が止まりました。すると、外から扉が開けられます。

「フェリシア様。ようこそお越しくださいました」

そこにはロマンスグレーの髪を後ろに撫ぜつけた初老の男性がいました。

「コルト。ごきげんよう」

この者は婚約者の侍従です。

私がここに来る日はいつも迎えに出てくれています。

侍従のコルトが私に手を差し出してくれましたので、私はその手を借りて馬車をおります。

「アルフレッド様は、いつものサロンでお待ちです」

「あら？　待たせてしまったのかしら？」

約束の時間は午後二時でしたので、少し前に着くようにしていたのですが、遅れてしまったのでしょうか？

そしてアルフレッドというのは、私の婚約者の名前です。

「いいえ、今日はご報告があるそうです」

報告ですか。これはお仕事の話でしょうね。

私はいつも構わないと言っているのですが、律儀なものです。


私の視線の先には、我が家とは比べ物にはならない立派な邸宅があります。その重厚な玄関扉が、コルトの手によって開けられました。

広い玄関ホールは天井が高く二階まで吹き抜けており、二階に続く大階段が視界を占めます。

品の良い絵画や装飾に彩られ、この家の格式の高さを表していました。

ここはネフリティス侯爵家。長年この国を支えている貴族の一つです。

「まぁ？　品のない馬車が来た音が聞こえたと思いましたら、フェリシア様ではありませんか」

上階から声を掛けられ視線を向けますと、金髪の巻き髪が素晴らしいとしか表現できないご令嬢が私を見下ろしていました。

「よくもまぁ、そのようなみすぼらしい格好で出歩けますわね。私は恥ずかしくて、そのような格好はできませんわ」

「カルディア公爵令嬢様。ガラクシアアース伯爵令嬢様はアルフレッド様との約束がございますので、御前を失礼いたします」

コルトが二階から見下ろしているご令嬢に対して頭を下げて、私に先に進むように促してきました。

しかし、ここで私が動きますと、後がとてもややこしいことになりますので、私はニコリと笑みを浮かべて二階から見下ろしているご令嬢に挨拶をします。

「シャルロット様。ご機嫌うるわしゅうございます」

「全く麗しくありませんわ！」

「シャルロット様のドレスは今日の空のように美しい色で素晴らしいですわね」

「空の色ですって！　蒼石のようにと称えなさい！」

あっ……また失敗してしまいました。

宝石に例えるように言われてしまいました。

シャルロット様は気難しい方ですので、言葉一つとっても気を使わないといけません。

「フェリシア様。こちらに来て私とお茶をしましょう」

シャルロット様は扇を広げ、扇越しに私を見下ろしてきました。

はい。いつものお小言を言われるのですね。

「そこのお前は来なくてよろしいですから」

コルトを外して私に言いたいことがあるようです。

私には付き従う使用人はいませんから、必然的に私一人でシャルロット様の元に赴くことになるのです。

階段を上った先には客室があり、その一室に案内されるようです。

澄ました顔をして私を見てくるシャルロット様の背後には、このネフリティス侯爵家に仕えている赤髪の使用人の姿があります。

シャルロット様の侍女かと思うほど、いつもシャルロット様の背後にいる方です。

私はきらびやかな客室に通されました。

ここはシャルロット様専用の客室です。

ゴブレットが宝石で彩られているとか、額縁が宝石で満たされているとか、目が痛い空間になっており、落ち着きません。

部屋の主であるシャルロット様は腰が沈み込むソファーに優雅に腰を降ろし、ティーカップを傾けています。

しかし、私の前のローテーブルの上には、ティーカップは存在していません。

私の分を用意すべき赤髪の使用人は、不敵な笑みを浮かべてシャルロット様の背後に控えています。

招いた客に対して、もてなしであるお茶を出さないということなど、普通であれば許されません。

しかし、これが罷り（まか）とおっているのが現状です。

何故なら、シャルロット・カルディア公爵令嬢という権力者がこの場にいらっしゃるからです。

そもそもネフリティス侯爵家にカルディア公爵令嬢が我が物顔でいることが問題なのですが、シャルロット様はネフリティス侯爵家の嫡男であらせられるギルフォード様の婚約者様なのです。

そして、王家の血を引くカルディア公爵家のご令嬢という立場が、彼女を諫（いさ）める人を少なくしているのです。

「聞いていらっしゃるの？」

聞いてはいましたが、いつもと同じ内容でした。私の外見がみすぼらしいというのを言っているだけです。

「聞いていますよ。私にはシャルロット様のような美しさはありませんもの、仕方がありませんわ」

ええ、私には金髪をグルングルンと巻くこともありませんし、身体のラインを強調したような青いドレスも似合いません。

琥珀（こはく）色の瞳を縁取るアイシャドウは、どのようにお化粧しているのでしょうね。

艶（あで）やかな真っ赤な紅（べに）はどこで売っているものなのでしょう？

まぁ同じようにお化粧をしたからといっても、私には似合わないでしょうからね。

「本当にそうね！　何故、貴女がアルフレッド様の婚約者を名乗っているのかとソフィアは疑問に思うわ」

赤髪の使用人が言ってきますが、この場で使用人が口を出すことは、普通はしません。

しかし、シャルロット様がそれを許しているのであれば、私が口出すことはありません。ありませんが……このことには反論させていただきます。

「婚約者のことは、私が生まれたときに決められましたので……」

「ふん！　何度も言っているけど、本当の婚約者はこのソフィアですからね」

はぁ。赤髪の使用人はいつもそのように言ってきますが、侯爵家の方の婚約者を使用人として扱うことはありません。

まぁ、偽装するために、そのような立場に置く場合もあるかもしれませんが、普通はありえません。

「それにしてもフェリシア様。私も貴女がこのネフリティス侯爵家に出入りしていることが、不愉快ですわ。それもネフリティス侯爵家に支援してもらって、このみすぼらしさ。まだ、平民の方がマシな格好をしていますわよ」

シャルロット様は何かと私のことが気に入らないようですが、それは仕方がありません。私はシャルロット様に色々しでかしてしまったのですから。

ですが、おそらくシャルロット様と関わる庶民というのは、普通よりもキレイな格好をしているのでしょう。

何故なら、公爵家のご令嬢の前に出なければならないのです。わざわざそのために衣服を仕立てることでしょう。

私はそのことに対して口を開こうとして、再び閉じました。

これはまた困ったことになりそうですわ。

「聞いていらっしゃいますの！　相変わらずぼーっとしていらして、貴女なんて……」

シャルロット様がいつも通り早口で言っている言葉を遮るように部屋の扉が開け放たれました。ノックもせずに開けられたのです。

「カルディア公爵令嬢。シアを返してもらおうか」

私の背後から聞き慣れた声が聞こえてきました。

ええ、先程こちらに向かってくる足音が聞こえていたのです。それもとても苛ついている感じに、ワザと足音が鳴るように歩いている音が。

「あら？　アルフレッド様。今日はお休みの日なのですね」

「わかっていいて言っているだろう。シア、こっちに」

私は腕を引っ張られ、抱きしめられています。

え……あの？　ちょっと距離感が……。

困った顔をして見上げると、無表情で前を向いている金髪碧眼のキラキラ王子がいます。

彼が、私の婚約者のアルフレッドです。

「アル様。シャルロット様とお話をしていただけですよ」

ここは穏便に済まさなければなりません。

私とアルとのお茶会は毎週白の曜日と決まっているのですが、いつもその日に合わせるようにシャルロット様がいらっしゃるのです。

因みにシャルロット様がネフリティス侯爵家に来る名目はギルフォード様との婚姻式が一年後に控えているため、その打ち合わせらしいのですが、話し合いが進んでいるとは私の耳には入ってきてはいません。

「話？　だったら何故、シアのお茶が用意されていない。ソフィア、答えろ」

「アルフレッド様ー！　だってその女が悪いのですもの」

あら？　私は何か悪いことをしましたか？

「その女ではない。ソフィア。叔父上のツテで奉公に来ていることを忘れるな。立場をわきまえろ」

「でも！　ソフィアはアルフレッド様の婚約者なのですよ！」

「はぁ。何度も言っているが、俺の婚約者はシアだけだ」

アルは頭が痛いと言わんばかりに、ため息を吐いています。すると、シャルロット様の笑い声が聞こえてきました。

「そのような話はどうでもよろしいですわ。アルフレッド様、せっかくのお休みなのでしたら、私とお茶をいたしましょう」

「俺はシアとの時間を楽しむために、休みを取っている。お前たちと無駄な時間を過ごすためじゃない」

あ……アル。そのような言い方は駄目ですわ。

ほら、シャルロット様が赤い顔をして扇をギリギリと握っているのではないですか。

「アル様。シャルロット様と使用人を同じような呼び方をしては駄目ですわよ」

「貴女はいつもそうやって、かばっている風を装って、私を見下しているのでしょ！」

え？　見下している？　そんなつもりはありませんわ。

「いつもいつも、このシャルロット・カルディアを陥れようとしているのでしょう！」

「そうよ！　ただの伯爵令嬢のくせに！」

あの？　どうしてそのような話になっているのでしょう？

陥れる……もしかしてお茶会の時に皆様の前でゴージャスな巻き髪に、七星がとまったので『シャルロット様の髪が美味しそうに見えたのですね』と言った話でしょうか。

これは花と間違えたと言うべきでしたわね。

それともアレのことでしょうか？

深緑色のドレスを着ていらしたときに『森で擬態できそうな素晴らしいドレスですわね』と言ってしまったことでしょうか。

これは可憐な妖精のようですねと言うべきでした。

はぁ。色々やらかしてしまったので、思いだしてみても、どれのことをおっしゃっているのか見当がつきません。

「ただの伯爵令嬢？」

あ……これは駄目ですわ。赤髪の使用人の言葉に、アルは苛立ったような声を出しています。

「シャルロット様。親身なお言葉、ありがとうございました。この身にしみましたわ。また、ご一緒にお茶をいたしましょう」

「なにを勝手に話を終わらせようとしていますの！」

「アル様。参りましょう。シャルロット様。ごきげんよう」

アルの背中を押して、この部屋からさっさと出て行きます。背後からシャルロット様の叫び声が聞こえてきますが、それどころではありません。

「アル様。今日は良い天気になりましたね。初夏の日差しが眩しいぐらいですわ」

アルの背中からイライラ感が感じ取れますが、私は何事もなかったように、話しかけます。

「シア。いつも言っているが、あの女のことは無視していい」

話を変えることは無理だったようです。アルは無表情ながら、イライラとした雰囲気をまとっています。

「何度も言っておりますが、シャルロット様の身分の方が高いのです。避けることはできませんよ」

ええ、赤髪の使用人が言っていたように、私は伯爵令嬢なのですから。

「はぁ。コルト。あのソフィアをシアの視界に入れないようにしろ、たとえ叔父上からの紹介でも許容できない」

「かしこまりました」

いつの間にかコルトが背後から付いてきていました。

この方、時々気配が読みづらいときがあるのです。

しかし、逆に言えば使用人として完璧ということです。

「シア。あのソフィアには罰を与えておく。シアに対する態度は、貴族に仕（つか）える者の態度ではない。再三忠告してきたが、今回は駄目だ」

あら？　あの赤髪の方はいつもあのような感じですわよ。

ただ、アルがいる前では猫を被っていましたが。

身分というものは厳しいのです。

私が許容していましたのは、公爵令嬢であるシャルロット様の陰にいたからです。

しかし、赤髪の使用人の雇用主はネフリティス侯爵家ですので、ネフリティス侯爵家のアルがそう決めたのであれば、私が言うことはありません。

第六話 不機嫌なキラキラ王子風の婚約者

ふわりと花の香りがする紅茶を一口飲んで、一息つきます。

いつものサロンに通された私は、落ち着いた雰囲気に、先程の緊張が溶けていきます。

シャルロット様の前では一言一言に気を付けて話さなければなりませんので、とても緊張するのです。

南側に面したこの部屋の外には大きくせり出したテラスがあり、気候がいい日には外でお茶をすることもあるのですが、今日は天気が良すぎますので、室内にいます。

私の向かい側には、婚約者が何も表情が浮かんでいない顔でティーカップを傾けています。

アルフレッド・ネフリティス。ネフリティス侯爵家の次男です。

無表情は怒っているとかではなく、彼のデフォルトの表情です。

容姿は金髪碧眼のキラキラ王子ですので、見た目が良いため無表情が威圧的に感じる方もいらっしゃいます。しかし、今は本当に機嫌が悪いようです。

私の前に花の形の焼き菓子が白いお皿の上に綺麗に飾られてスッと置かれました。

コルトがローテーブルの上に置いてくれたのです。

「食べるのがもったいないぐらい、可愛らしいお菓子ですわ」

普段は甘いお菓子を食べるのもままなりませんので、エルディオンやクレアに持って帰ってあげたいですわ。

「これはフェリシア様のために用意いたしましたので、どうぞ召し上がってくださいませ」

そうですわね。食べないと失礼になりますわね。

一つ気になったのですが、今日はいつもと違ってアルが来るのが早かったですわね。

シャルロット様にお呼ばれしますと、シャルロット様がお茶を飲み終わるぐらいまで、解放されませんもの。

「今日はアル様がいらっしゃるのが早かったのですが、何かあったのですか？」

私はこそこそとコルトに尋ねてみます。

無表情でいつも通りのように見えますが、どう見ても機嫌が悪いようにしか思えないのです。

どうもシャルロット様のことではなくて、何か別の要因があるように思えてなりません。

私には相手はしなくていいと言ってくるものの、今回のようにわざわざシャルロット様の客室の扉を壊してまで入ってくることなんてありませんでした。

「何もございませんでした。私めは、いつも通りフェリシア様のことをご報告いたしましたら、アルフレッド様が飛びだして行かれた次第でございます」

あまりシャルロット様に関わろうとしてこなかったアルからすれは、珍しい行動ですわね。

「恐らく、アルフレッド様からご報告があることが関わっているものと、私めは愚考いたします」

そちらの方ですか。恐らく機嫌がよろしくないように思えるのも、それが原因でしょう。

私はいつも通り、笑みを浮かべてアルに話しかけます。いつも通りにです。

「アル様。今日はとても良い天気になりましたね。そろそろ庭園のバラも見頃になった頃でしょうか？」

ネフリティス侯爵邸の庭にはバラ園があるのです。

それはとても美しい庭園なのですが、時期的にはそろそろ見頃になると思うのです。

室内にいるよりも、外に出た方が気晴らしになると思い、バラが見頃でしたら外に出て散策しましょうとお誘いをしたのです。

「少し早いが、咲き始めているらしい」

そう言ってアルはコルトの方に視線を向けました。アルの視線を受けたコルトは頷き返します。

「はい。南側の小川の辺りの早咲きが見頃でございます」

「まぁ！　そうでしたら、少し見てみたいですわ」

焼き菓子に心残りがありますが、このまま置いていてくださることを祈っていますわ。

こんな可愛らしい花の焼き菓子が戻って来たときになかったら、私の心が折れそうです。なぜ、食べてから誘わなかったのかと。

「そうか」

アルは何事もないように返事を返していますが、少し機嫌が戻ったように思えます。

ええ、まとっている雰囲気が和らいだようですもの。

立ち上がったアルは私の側に来て、手を差し出してくれます。

その手を私は取って、立ち上がってテラスがある窓側に向かって行きます。そこから庭に出られますので、近道ということです。

大きな両開きの窓から外に出ますと、初夏の強い日差しが顔に差します。

しかし涼やかな風が辺りを吹き抜けていますので、暑さを感じるほどではありません。

違いますわね。私の頬に日が差したあと直ぐに、日傘の影が私を覆いました。

いつの間に用意をされていたのでしょう。今日は庭に出る予定はありませんでしたのに。

「アル様。先日ヴァイオレット様とお会いしましてね。面白いお話をお聞きしましたのよ」

私は雑談をします。普通の貴族の令嬢のように流行(はや)りの観劇とか、流行の衣服のこととか、話題にできればいいのですが、残念ながら私にはそのようなことにお金を使える余裕はないのです。

あ、でもこの話は流行になるでしょうか？

「ヴァイオレット様に珍しい赤い鉱石を知らないかと聞かれたのです。どうも王太子妃殿下の冬のドレスに合う宝石を探しているようだったのです。ほら、妃殿下の瞳はとても美しい赤い瞳をしていらっしゃるではないですか。妃殿下の瞳と同じような宝石をとご注文が入ったそうなのですが、なかなか見つからないとお困りだったのです」

質の良い宝石は普通はどこかの貴族の手に渡っているでしょうから、ヴァイオレット様は原石の鉱石をお探しだったのです。

「そうか？」

「え？」

ええっと、アルの言葉はどこに掛かっているのでしょうか？

赤い宝石はそれなりに流通していますが、ドレスに映える大きさとなりますと、なかなか難しいと思うのです。

「シアの瞳の方が綺麗だと思う」

そう言って、アルは私の顔を覗き込んできました。

アル。ちょっと近いですわ。

思わずのけ反ってしまいました。

「シア。先日送ったドレスはどうした？　今日はそれを着て来てくれると思っていたのだが？」

ふぉ！

一週間前にいただいた夏用のドレス……ですか？

あれはですね。なんといいますか。そうですわね。

「はぁ……」

私が答えるのを戸惑っていますと、アルからため息がこぼれ出てきました。

「シア。勿体ないからといって着なければ、ただのゴミだぞ」

ゴミ……そんなつもりはなくてですね。

どう見てもすごく高そうなドレスに袖を通すのに勇気というものが、必要だと思うのです。

汚したらどうしましょうとか、引っかけたらどうしましょうとか心の負担になってしまうではないですか。

それを押し通して真新しいドレスを着るなんて、勇気が必要ですわよね。

「アル様の言われる通りですが、心の準備ができなくてですね。出なければならないパーティーとなれば頑張れるのですが、普段に着るとなれば手の震えが止まらないのです」

私はおどおどと言い訳をします。

するとアルから距離を取っていたのに、その距離を詰めるように私の腰が抱き寄せられました。

「普段ではなくて、俺のために着てくれないのか？」

「……努力……します」

アル。ちょっと距離が近いですわ。

この婚約を維持していくためには、これも私のしなければならないことですわね。

そうです。ネフリティス侯爵家には多大なる支援をガラクシアースにしてもらっているのです。

アルとの婚約はガラクシアースの一族の運命を左右することなのです。

ですから、私個人の勇気云々などわがままでしかないのです。

「次回のお茶会の時に着ることにしますわ」

すると、アルは少し口角を上げて、機嫌がよくなったかと思えば、瞬間的に真顔に戻って私を抱きしめてきました。

「やっぱり、殺そう」

耳元で低い声で物騒な言葉が聞こえます。

え？　私が殺されるのですか？

ちょっとギリギリと締め付け具合が強くなっていっているのですが、気の所為ではないですわよね。

「アル様。何か気に障ることを言ってしまいましたか？」

何故、私はアルから殺人予告をされることになっているのでしょう？　思い返してみてもおかしなことを言った覚えはありません。

はっ！　もしかして、ドレスのことですか！

しかし、私の中では今日着るという選択肢は全くありませんでした。

それに、今まで同じようなことが何度かありましたが、特にアルの気を害したことはなく、私のもったいない病はいつものことと、理解してくれていました。

これは婚約関係の危機ですか！

第七話　婚約者とのいつものお茶会

殺人予告をされた私は、先ほどいたサロンまで戻ってきました。

コルトがアルにそろそろ中に戻られてはいかがでしょうかと勧めてくれて、私は解放されたのでした。

結局、バラを鑑賞するどころではなく、途中で引き返してくる感じになってしまいました。

「あの？　アル様。私は何か気に障ることを言ってしまいましたか？」

再び無表情ながらも機嫌の悪さが窺えるアルに尋ねます。

アルの機嫌を直してもらおうと外に行きましたのに、結局元の状態に戻ってしまいました。

「いいや。シアが悪いのではない。悪いのはジークフリートだ」

ジークフリート。それはこの国の第二王子殿下の名前です。それならば、仕方がありません。

「第二王子殿下が原因でしたのですね。相変わらず、自分勝手でいらっしゃるのね」

「は？」

あの第二王子殿下は人を困らせるのがお上手ですもの。確かに人をまとめる才はあるかもしれませんが。

「あれでよく赤竜騎士団の団長をやっていけるものだと思いますわ」

赤竜騎士団。それは魔物の討伐を専門とする、王族管轄（かんかつ）の騎士団です。

騎士団の中でも実力主義で、コネ等は一切通じないと言われていますが、団長である第二王子殿下はコネを使っていると私は思っています。

そして、アルはその赤竜騎士団の副団長を務めています。

そうです。第二王子殿下がアルの上官になるのです。

しかし、上官の命令は絶対。アルはその文句を言っているのでしょう。

何を言われたのかはわかりませんが。

「ちょっと待て！　シア、いつジークフリートと会ったんだ？」

アルがいつの間にか私の隣に座って詰め寄ってきます。

あの、そのように詰め寄ってこなくても答えます。

距離がちょっと近いですわ。

じりじり下がっているのに、その距離を詰めてこないでください。

「シア！　浮気しているのか！」

浮気……どこからそんな言葉が出てきたのでしょうか？

「アル様。アル様もご存じの通り、第二王子殿下はお母様の弟子になります」

はい。第二王子殿下は私のお母様から剣の修行を受けていました。

ただ、第二王子殿下は王都の我が家に、押しかけて来て弟子にしろと言ってきたのです。

ええ、勿論その時は私と妹のクレアと共に追い返しました。

「数年前にお会いして以来、会ってはいませんわ」

「本当に会ってないのか？」

会っていませんわよ。強いて言うなら、国王陛下のパーティーで、アルに付き添って挨拶をしたぐらいですわ。

ただでさえ、機嫌の悪いアルの機嫌が急降下していっているのが、手に取るようにわかります。

そんなに気にすることでしょうか？　困りましたわ。

……そうですわね。気を紛らせればいいのです。

私はローテーブルの上にある白いお皿の上に綺麗に盛り付けされた花の形の焼き菓子を手に取ります。

「アル様。せっかく作ってくださったお菓子をいただきませんか？」

そう言って私はアルの口元に焼き菓子を近づけます。

するとアルは口を開けてぱくりと、焼き菓子を口に含みました。

「おいしいですか？」

「ん」

少し機嫌がよくなったようです。

まとっている嫌悪感が少し減っています。

しかし、これは原因を聞かないといけないでしょう。いつまでもこのままというわけにはいきませんもの。

「それでアル様。第二王子殿下がどうしたのですか？」

私はもう一枚の焼き菓子をアルに差し出しながら聞きます。

まぁ、大体の予想はできます。

この雰囲気は以前にも何度もあったことです。

「シア。ジークフリートの命令で来週は急遽仕事が入ったために会えそうにない」

アルは答えたあとに、私の手から焼き菓子を食べました。

そうでしたか。そうだとは思いました。

今までも長期の魔物の討伐の仕事があったときは、このように機嫌が悪く、口も重く、まとっている雰囲気がこの世の終わりかと言わんばかりなのです。

ですから、私はいつも同じことを返すのです。

「アル様。お仕事でしたら、仕方がありませんわ。アル様のお仕事は人の命を救う大切なお仕事なのですもの」

アルは弱冠二十三歳にして赤竜騎士団の副団長の地位にありますが、普段は王都に詰めているため、現場に出ることはめったにないのです。

しかし、こうして長期の仕事があるというのは、王都から離れたところで、赤竜騎士団が必要とされている事態が、起こっているということなのです。

「今回は少々やっかいな任務なんだ」

お仕事の事は守秘義務が課せられるため、私に話すことはありません。

ですが、赤竜騎士団にはいつも危険な仕事が回されていると聞きます。

実力者が集められた戦闘集団のため、それも致し方がないことなのでしょう。

「そうなのですか？　危険な仕事だとはわかっておりますが、気をつけてくださいね」

私は言葉をかけることしかできません。婚約者といっても私にできることなど、限られているのですから。

「毎週、白の曜日には予定を入れるなと言っていたのに」

そう言ってアルは私を抱きかかえてきます。私たちは白の曜日に毎週会う予定にしているのです。

アル。さっきから距離感が近いですわ。

「お仕事であれば仕方がありませんわね」

私達の婚約は政略的な意味合いが強いですが、私とアルとの仲は良好です。

この婚約は貧乏貴族のガラクシアース伯爵家をネフリティス侯爵家が支援してあげようという意味合いの婚約です。ですから私はお金のためにこの婚約を死守しなければならないのです。

全てはお金のために！

「あ！　アル様。実はお渡ししようと思っていた物があったのです」

いつも何かいただいているばかりですので、時々お返しに贈り物をしているのです。お金のかからない些細なものですが。

「先日、散歩に出かけていましたら、綺麗な石を見つけたのです」

私はそう言いながら、空間に手を突っ込んで、手のひらに乗るほどの箱を取り出します。

その木の箱をアルに差し出しました。

「これは？」

「恐らく幸運の石ですわ」

「恐らくなのか？」

「はい」

私が言葉を濁した物の正体を確かめるために、アルは箱を手に取り、中を確認するために箱を開けて目を見開いています。

「シア。これはなんだ？」

アルは箱の中から光の入り具合で、虹色に輝く魔石を取り出しました。

とても美しく自ら発光するように光を取り込み、虹色に輝いている石です。

「とても綺麗でしょ？　たまたま見つけましたの。いつもお世話になっているお礼ですわ」

私は誤魔化すように首を傾げながら微笑みを浮かべて言います。

何かよくわからないけれど、見つけたので差し上げますというように。

実はこの虹色の石はカーバンクルの額（ひたい）の魔石なのですが、虹色の魔石というのはレア中のレアで、たまたま目に入ったので、仕留めて回収したものなのです。

価値で言うなら私が今いる侯爵家のタウンハウスが三棟は余裕で建てられるでしょう。

お金が必要であればこれを売ればいいと思われるでしょうが、この魔石を渡しても足りない程、ネフリティス侯爵家にはお世話になっているのです。

ただ、一つ言い伝えがありまして、虹色の魔石は願いを叶えると言われているのです。

嘘か本当かはわかりません。ただの迷信ですので……。


ああ、例の問題児が来たようです。今度は何をしたのでしょう。

この部屋に近づく気配が扉の前で止まり、扉をノックする音が聞こえてきました。

「アルフレッド様。ファスシオン様が学園からお戻りでございます」

アルの侍従のコルトが背後から声を掛けてきました。アルの弟であるファスシオン様が、貴族の子息だけが通うことが許されたスペルビア学園に最終学年として在籍しているのです。

「はぁ、もうこんな時間なのか？　コルト、これを一週間でカフスにしてくれ」

アルはとても残念そうに言いながら、御自分の侍従に私が渡した虹色の魔石を差し出します。

「これはまた、素晴らしい魔石でございますね。これ程の大きさであれば、いつも通りカフスにした後、ペンダントにされてはいかがでしょうか」

アルはいつもこのように価値のあるただの魔石を装飾品に加工して身につけてくれます。私では品物を購入して渡すということができませんので、いつも素材を贈るしかできません。

そして、アルの侍従のコルトと入れ替わるように、ペタペタという足音が聞こえてきました。

ペタペタ？　この音に不審に思い振り向きますと、白髪に金目の美少年が立っていました。我が弟ながら顔だけはいいですわね。

「エルディオン。貴方、靴はどうしたのかしら？」

振り返って見た弟の姿はいつもと変わりませんが、何故か足元が室内履きのスリッパなのです。

「姉様、ただいま。靴がなくなって困っている人がいたから、あげたよ」

弟のエルディオンはとても良いことをしたと言わんばかりに、朗らかな笑顔で言っています。普通は靴なんてなくなりませんからね。

「エルディオン。いつも言っていることですが、靴は人によってサイズが違いますので、差し上げる物ではなく、学園に引き渡す案件です」

私は座っていたソファーから立ち上がり、私より少し背の低い弟と正面に向き合って、いつもの言葉を繰り返します。

「あ！　そうだった！」

何がそうだったのでしょう！　私は怒りをなるべく表に出さないように笑顔でいることを努力していますが、手の震えが止まらないのは見逃してください。

「フェリシア義姉上。俺がもう少し早めに見つけておけば、このようなことにはならなかったのですが、申し訳ありません」

アルに似た金髪碧眼の美少年が申し訳なさそうにして、私に頭を下げてきました。

元々二つ上の学年であるファスシオン様に弟の面倒を見てくれるように言うのは、間違っているのです。

「ファスシオン様！　どうか頭を上げてくださいませ！　もうこれはガラクシアース伯爵家の性という

ものなのですから！」

問題なのはガラクシアース伯爵家の血なのです。

私たちの婚約にも起因することになるのですが、この婚約は互いの祖父同士で決められたものでした。


我がガラクシアース伯爵家は建国から存在する家でありますが、とても貧乏なのです。偏に代々の当主がお人好しだというのがあります。

我がガラクシアース伯爵家にはおかしな家訓があります。

当主は本家の嫡男ですが、その妻には分家の娘を娶るという決まりがあるのです。それは何故か。

この国では男性しか爵位を持てないということが一番に挙げられるのですが、一族の男性はみな揃って人が良いのです。いいえ、後先を考えないおバカと言い換えた方がいいでしょうか？

だからすぐに騙されて借金を作ったり、伯爵の財産を潰して多くの孤児を保護したり、助けて欲しいと言われれば、『はい』の二文字で返事をするのです。

ですから見張りとして一族の娘を妻に娶ることが決められました。しかし、我がガラクシアース伯爵家は女性にも問題があったのです。それは後程説明をするとして、私たちの婚約の過程は隣の領地であったネフリティス侯爵領が、魔物に襲われたときに助けて欲しいという要望に応え、ガラクシアース伯爵が一族を引き連れて助けに行ったのです。

これが婚約者云々の話になるのかと言えば普通はそうはなりません。

この時期は各地で魔物の活性化が起こり、どこの領地も被害を受け、他の領地を助けに向かう余裕などなかったのです。ですが、我が祖父ガラクシアース伯爵はネフリティス侯爵領に助けに向かったのです。勿論、ガラクシアース伯爵領も被害を受けている中です。

その助けに行った先で祖母が亡くなり、当時のアルの祖父であるネフリティス侯爵は、謝罪と礼という意味で、ガラクシアースに金銭面で工面をしてくださったのです。

普通であれば、一度だけそれなりの金額を支払えば良かったのですが、お祖母様（ばあさま）の枷（かせ）が外れたお祖父（じい）様の暴走は計り知れなく、ネフリティス侯爵も見かねて、支援し続けてくださったようです。その契約を対外的に問題がないようにするために、私が生まれてすぐに私とアルの婚約が成立しました。

ですから、ガラクシアース家のためにこの婚約は死んでも守らなければならないのです。あ、死んでは意味がなくなりますね。

という感じで私達の婚約が成立したのですが、弟のエルディオンの学園入学に際し、わざわざ先代のネフリティス侯爵様がファスシオン様にエルディオンに目を掛けるように言ってくださったのです。ここでもまた、アルの祖父である先代のネフリティス侯爵様に頭が下がります。

何かと問題を抱えた弟ですが、どうにか学園に通えているのは偏にファスシオン様の支えがあってこそ。ですが、来年はファスシオン様が学園を卒業されて居ないため、どうなるのか姉として、とても心配なのです。

「エルディオン。帰りに靴を買って帰りましょう」

　するとエルディオンはハッと何かに気が付いたように目を丸くして、その後俯(うつむ)いてしまいました。

「ごめん。姉様。またお金が……」

　どうやらここに来てやっと靴を誰かに渡してしまった所為で出費が増えることに行き着いたのでしょう。しかし、今そう思っても繰り返してしまうのが、ガラクシアースの血筋です。困っている人を見かけると自分に何か出来ないのかと思ってしまう、お人好しの業(ごう)。

「いいのよ。……アル様、いつもながら問題が起こりましたので、失礼いたしますわ。次は再来週の白の曜日でよろしいでしょうか？」

　アルに会いに来ても毎回弟を回収して帰るというパターンを繰り返して、三年。これが普通になってしまっています。

「フェリシア様。こちらを皆様でお召し上がりくださいませ」

　そして、いつもコルトから手土産を受け取るのです。今日は私が食べそこなった焼き菓子のようです。受け取った箱の中から甘い匂いが香ってきました。

「まぁ、ありがとうございます。妹のクレアと一緒にいただきますわ」

　これが私たちの一週間分のお菓子になるのです。これを少しずつ食べるのが十三歳の妹との楽しみの時間なのですが、流石に二週間は持たなそうですので、残りの一週間は豆がお菓子代わりになりそうです。

「シア。再来週の白の曜日はどこかにデートしに行こう」

アルが次に会う日は外に出かけようと誘ってくれましたが、これはこれで私が困ってしまいます。

アルとネフリティス侯爵家で会うときは三着しかない外出用のドレスを順番に着ているのですが、外に出るとなりますと他の貴族の目があり、ヨレヨレのドレスを伯爵令嬢である私が着ていることで、ガラクシアース伯爵家が陰口を叩かれることになりかねません。

そう、『今どきあんな時代遅れのドレスを着ているなんて』とか『あんな色褪せたドレスをよく着ることができますわね』とか『所詮ガラクシアース伯爵家ですもの。頭がおかしいのですわ』とか散々お茶会で言われたことを陰で言われるに違いありません！


あ……確か、アルにプレゼントされたドレスを着る約束でしたわ。しかし、私はいつもと同じ答えを返します。

「私はアル様と二人だけになれるネフリティス侯爵家でお茶をするほうがいいですわ」

そう言ってニコリと微笑みます。正確にはこの部屋に五人の使用人が壁際に控えていますが、ネフリティス侯爵家の方々は長い付き合いですので、私の家の事情もよくわかってくださっています。ですから、気兼ねすることなどないのです。

「では、そうしようか」

表情が乏しいアルの口角が少し上がったので、アルも良いと思ってくれたのでしょう。

「相変わらず二人はラブラブだね」

「姉様、僕お腹空いたなぁ」

ファスシオン様。ラブラブではなく、ネフリティス侯爵家が我がガラクシアースの命綱なのです。それから、弟よ。貴方の昼食が削減されているのは、自分の出費が重なっていることに、いい加減に自覚して欲しいものね。

そうして、再来週に会う約束をして、私はお金を稼ぐための日々に邁進するのです。


我が家の事情は現在、父は領地で領民に心を寄せて、あっちこっちで色々やらかしているのを、領民たちが温かく見守っている状態です。ガラクシアース伯爵は代々お人好しと通っているので、怪しい人物が領地に侵入していれば、直ちに排除するという謎の団結力が生まれているらしく、領地にいる限りはまず問題はありません。

しかし、先代のガラクシアース伯爵の借金が未だに返済できずに、領地経営が厳しいことには変わりはありません。そして、母は各地で魔物討伐の依頼を受けてお金を稼ぐ日々。そうガラクシアースの女性は何故か武に長けているのです。恐らく男性が頼りないものだから、突然変異をしたのかもしれません。

と、言うことで当然ながら私も武に長けているというか、一族の中でも飛び抜けていましたので、平民の姿をして冒険者なんてものをしているのです。

冒険者となれば、脛に傷持つ者が多くいますので、素性を聞かれるということはされず、かなりのお金を稼ぐことができるのです。

……が、貴族というものは何かとお金がかかります。十六歳の弟を学園に通わせ、そこで毎日のように何かをやらかすため、その度に出費が嵩みます。十三歳の妹は貴族の淑女としての教育とガラクシアースとしての剣術。そして、貴族の令嬢とのつながりを得るために、お茶会に出席するドレスや装飾品のお金がかなり生活を圧迫しています。

あとは家の体裁を整えるために、庭師兼御者のじいやと私達の身の回りのことをしてくれるばあやとの生活を維持していくお金。二人共高齢のため、あまり無理をさせられませんが、知らない若い人を雇うと人のいい弟を利用しようとする者が出てくる可能性があるので、信用できない者を雇うことはできないため、仕方がありません。

その生活を維持していくためのお金を私が稼がなければならないのです。

ですので、白の曜日以外は毎日冒険者ギルドに顔を出して、依頼を受けてお金を稼ぐのです。

第八話　ウィオラ・マンドスフリカ商会のオーナー

アルとのお茶会から六日後の朝早くに、一通の手紙が私の元に届けられました。

エルディオンが学園に行ったのと入れ違いのように、とある人物が我が家に手紙を届けてくれたのです。

「ガラクシアース伯爵令嬢様。こちらはお嬢様からになります」

どこの誰からとは言わずに、渡してきた人物は紫紺の長い髪を一つに結い、品の良い燕尾服を身に着けています。

そのたたずまいから、高位貴族に仕えていることがわかります。

受け取った手紙の裏側を見ますと見慣れた蠟印がありました。

このように朝早く連絡をいただくことは珍しいですわね。緊急の用事でしょうか？

封蝋蠟を切って封筒の中から一枚の手紙を取り出します。

そこには季節の挨拶など抜きに、ただ用件が書かれていました。

【急ぎの御用がないのでしたら、今から一緒にお茶でもいかがでしょうか】

と。今からですか。午前中はお忙しいとお聞きしていましたのに、珍しいこともあるものです。

それほど急ぎの用件なのでしょう。

「今からですか？」

「はい。私が御者を務めさせていただきます」

「あら？　貴方はヴァイオレット様の護衛の方ではないのかしら？」

そうなのです。下男の仕事である手紙を他家に届ける役目をされている目の前の人物は、ヴァイオレット・マルメリア伯爵令嬢様の侍従兼護衛のクルスさんです。

あのウィオラ・マンドスフリカ商会のオーナーであるヴァイオレット様の付き人なのです。

それが、私に手紙を届けて来て、送り迎えをすると言っているのです。

「私どもはお嬢様の命令を聞く下僕でありますゆえ」

……この方は少々口が悪いのです。

ヴァイオレット様曰く、仕事はできるとおっしゃっていましたので、信用はできると思います。

「そうですか。今日は特に予定はありませんので、今からでも大丈夫ですわ」

今日の予定はいつもどおり、冒険者ギルドに行って仕事を受けようと思っていただけですので、予定という予定ではありません。

それに、ヴァイオレット様が迎えをよこすなんて珍しいですもの。


私はマンドスフリカ商会の紋が入った馬車に揺られて、西区第一層に来ました。

そうです。一商会が貴族街の第一層内に店を構えているのです。これは貴族相手に商売をするのであれば、かなり強みになると思います。それもウィオラ・マンドスフリカ商会は名前の通り、ヴァイオレット様が始められた商会です。

歳は私と同じ十八歳だといいますのに、天才という存在は本当にいるのだと、思わされました。

馬車が止まり、外から扉が開けられました。

外から入る光に目を細め、差し出された手を取って、地面に降りたちます。

「お嬢様はいつもの本店の応接室でお待ちでございます」

クルスはそう言って私に頭を下げています。

「そうなのね」

私は答えてクルスの案内で、ウィオラ・マンドスフリカ商会の重厚な扉の前に立ちます。

正に貴族の邸宅と言っていい作りです。しかし、貴族相手に店を構えるのであれば、これぐらいの財は必要なのでしょう。

私からすればうらやましい限りです。

開けられた扉の中は広い玄関ホールを改装し、受付と応接スペースが設けられています。

ここは貴族の使用人がウィオラ・マンドスフリカ商会に主である貴族の要望を伝えるスペースとなっていますので、貴族の方を迎えるところではありません。

そうです。普通は商人を屋敷に呼びつけるのが、貴族というものです。

私はというと、クルスの後について、一階の奥の方に向かっています。

こちらの方になりますと、直接貴族の方との商談に使う応接室があるのです。

ええ、普通では考えられないことに、貴族の方々がこちらの商会に直接来られることがあるのです。

重厚感のある両開きの扉の前まで案内されたところで、私の前にいるクルスが扉をノックします。

「お嬢様。ガラクシアース伯爵令嬢様をご案内してまいりました」

「入ってもらって」

中から女性の声が聞こえてきました。

そして、開かれた扉の先に進むように促され、斬新な内装に統一された室内に入っていきます。

普通は床は絨毯が敷かれているものですが、綺麗に磨かれた石の床であり、壁は壁紙ではなく木目までわかる木の板の壁です。

置かれている家具もここ以外では見たことがない壁一面に棚があり、そこにはいろいろな商品の見本が置かれています。

ここが商談のための場所だということがわかる部屋の作りとなっていました。

私では考えつかない斬新な部屋です。さすがヴァイオレット様ですわ。

「ごきげんよう。ヴァイオレット様」

長い黒髪をハーフアップにして結い、琥珀色の瞳を細めて笑顔で出迎えてくださっているのが、ヴァイオレット様です。

「ようこそ、おいで下さいました。フェリシア様。突然無理を言って申し訳なかったですわ」

「いいえ。特に予定はありませんでしたので、いつでも声をかけていただけたら、嬉しいですわ」

「よかったです。実は本日はこの時期にしか手に入らないお茶の葉が入荷しましたので、ご一緒できたらと、思いましたの」

「まぁ！　光栄ですわ」

新茶が入荷したという理由を言われましたが、それは表向きでしょう。

もし、それが本当であれば、手紙にそう書かれていたでしょうから。

このように私をお茶に誘ってくださる貴族のご令嬢はヴァイオレット様だけですので、嬉しいのは本当のことです。

私はシャルロット様に色々やらかしてしまった所為で、表立って私をお茶にさそう方は私の目の前にいらっしゃるヴァイオレット様だけなのです。

「お掛けになって、あと今日は今まで商品化するのに手間取ってしまった甘味を用意しましたのよ」

そうして、ヴァイオレット様とのお茶会が始まったのです。

シャルロット様と違って気を使わないお茶会は楽しいものですわ。

「先日、用意していただいた珍しい紅玉は王太子殿下も気に入っていただけましたので、とても助かりましたわ」

これはアルに話をしていた王太子妃殿下のドレスに用いる赤い鉱石のことです。

私はヴァイオレット様から、何かよい品はないかと聞かれましたので、私の手持ちの原石でよければ、譲りますと言って取引をしたのです。

それは赤い鉱石の中に白い傷が入ったものになるのです。

普通は商品にはならないクズ鉱石なのですが、その傷をうまく用いれば、星形が浮かび上がるという宝石になるのです。ドレスに飾るのであれば、装飾品としては価値がない物でも使えるでしょう。

「気に入っていただけて、よかったですわ」

「あと、もしお手持ちがあるのでしたら……」

ああ、これが本題でしょう。貴族が、いつまでに用意しろといえば、商人は無理難題でも用意しなければならないと、一度ヴァイオレット様が愚痴っていたのを覚えております。

「質の良い毛皮をお持ちではありませんか？」

「この時期に毛皮ですか？」

この時期。初夏になるというのに、毛皮が欲しいとはどういうことでしょう。

仕立てに時間がかかって仕上がりが三か月後だったとしても、秋口ですのでまだ早いように思います。

「ええ、あるご夫人がとても毛皮好きで、毎年十着は購入されますので、今から用意をしておきませんと間に合わないのです」

毎年十着ですか。それは毛皮の素材を集めるだけでも大変ですわね。

毛皮の素材ならいくつかありますので、何がよいのかヴァイオレット様に選んでもらった方がよろしいでしょう。

「あの……あるのはあるのですが、毛皮というよりも本体ごとなら、いくつかありますわ」

毛皮というのは案外面倒なのです。

確かに毛皮にすれば、コンパクトに収まる代物（しろもの）ですが、私のような亜空間収納を持っている者からすれば、手間は省きたいという心理です。

「毛皮を取引いただけるのであれば、どのような形でも構いませんわ。解体が必要であれば、クルスにさせますので」

ヴァイオレット様。侍従の仕事に解体作業は普通は入らないと思いますわ。

「お嬢様。それは勿論、解体料をはずんでくださるということですよね」

「クルス。貴方は黙って壁と一体化しておきなさい」

しかし、クルスは私の側に寄って来て、床に膝をついてきました。

「ガラクシアース伯爵令嬢様。どうぞこの私に仕事をお与えください。それにより、私の今月の給金が変わってくるのです」

「クルス！　フェリシア様に失礼ですよ！　下がりなさい」

「しかし、今月は商品の試作品を盗み食いをしたという言いがかりをつけられて、減給されてしまったではないですか」

「言いがかりも本当のことです」

「お嬢様。カリンに食べる権利があったのであれば、私にも食べる権利があったと思います」

「屁理屈を捏ねないで、壁際まで下がりなさい」

「はぁ。所詮下僕でしかない私はお嬢様の我儘に従います」

「ため息を吐きたいのは私の方です」

ため息を吐きながら壁際に戻っていくクルスにヴァイオレット様は右手で頭を押さえて、痛いと言わんばかりの表情をしておいでです。

何かと言い合っていますが、ヴァイオレット様とクルスの関係は良好だということがわかります。

なぜなら、ヴァイオレット様の二つ名が全てを語っているからです。

『鉄仮面のマルメリア伯爵令嬢』

ヴァイオレット様は若くして一商会を成功させてしまったことで、貴族の中ではよく思われてはいないのです。

それも貴族の令嬢が商人の真似事をしていると。

ですから、付け入られないように商人としてのヴァイオレット様はアルカイックスマイルを崩すことはありません。

貴族の令嬢が何かをしていることが、良く思われない風潮があり、いつも気を張っておられるヴァイオレット様が表情を崩されているのは、それだけ信頼しているということなのです。

「フェリシア様。クルスが失礼しましたわ」

少し疲れた表情をされたヴァイオレット様に向かって、私はにこりと笑みを浮かべます。

私の前でも商人としての顔を崩された姿を見ると、私にも心を許してくださっていると嬉しく思ってしまいます。

「いいえ。いつも仲がよろしいと羨ましく思いますわ」

私には仕えてくれる使用人はいないのですもの。しかし、それは仕方がありません。

「それでヴァイオレット様、どこに出させていただければよろしいのかしら？　かなり大きなものになりますの」

「でしたら、ここから庭に出てもらって、そこに出していただけるかしら？　毎回急にお願いしてしまって、こちらとしてはとても助かっています」

助かっているのは、私の方ですわ。

ヴァイオレット様はかなり高額で買い取ってくださるのです。

私たちの生活を支えるのに、とても助かっているのです。

そうなのです。私とヴァイオレット様の関係はただの貴族の令嬢としてお茶にお誘いする関係ではなく、素材の売買でお互いに利害関係を築いているのです。

私は依頼を受けたものの、それ以外の素材を亜空間収納の肥やしにしているのですが、ヴァイオレット様は貴族に受けそうな素材を高額で買い取ってくださるのです。

これが、ガラクシアースの私とウィオラ・マンドスフリカ商会のオーナーであるヴァイオレット様との関係なのでした。

第九話

婚約者と会うべきではない場所で会ってしまった

ヴァイオレット様から高額で素材を買い取っていただいた翌日、本来であればアルとのお茶会の日になるのですが、アルはお仕事のために白の曜日の予定はなくなりました。

ですから、エルディオンを送りだしたあと、私は冒険者ギルトに足を運ぶことにしたのです。

昨日は思っていた以上の金額になりましたが、色々出費がかさんでいるのには変わりがあるません。少しでも稼げるときに稼がないといけません。

黒髪黒目の冒険者の姿になった私は、第二層に向かって行ったのでした。


「アリシアさん。今日は白の曜日ですのに珍しいですね」

私が依頼を受けようと、冒険者ギルドの受付に顔を出すと、今では顔なじみとなった受付の女性が珍しいと、驚いた表情をしました。

「今日の予定がなくなったからね。暇だから依頼を受けようと来ちゃった」

今の私は貴族の令嬢ではないので、砕けた言葉を話しています。

私の後ろの方では私のことをコソコソ話している者たちがいます。

『黒衣のアリシアだ』とか『強欲のアリシアだ』とか『守銭奴のアリシアだ』とか怪しい二つ名で呼ばれていますが、否定することはありません。

お金がなければ生きていけませんから、色々な仕事を取っていきますよ。

因みに『黒衣の』というのは今の私は平民によくいる黒髪黒目に色を変え、上半身を覆う黒い外套を羽織り、容姿がバレないようにフードを深く被り、動きやすいように短パン、オーバーニーソックス、ショートブーツの姿です。

貴族の娘としては有り得ない姿になっているので、私が貴族とは誰も思わないでしょう。

「だったら、ちょうどよかったです！　この依頼を受けてみませんか？」

出された依頼の内容を確認すると、新たに出現したダンジョンの調査依頼でした。金額はかなりいいのですが、これは受けることができませんわ。

「泊まりがけの仕事はNGって言ったはずだけど？」

家を空けるような仕事は色々問題があるので受けないと何度も言っているはずです。

「ぜひぜひ！　アリシアさんに受けてほしいです！　Aランクのアリシアさんが入れば、冒険者ギルドとしても体裁が保てます」

何か引っかかる言い方をしてきました。冒険者ギルドとしての体裁ですか。

この言葉の中には複数人で受けることと外部との協同調査という意味が含まれていますが、そのようなことはこの依頼書に書かれていません。

このように条件が漏れている依頼は裏があるので、やはり受けないの一択ですね。

「悪いけど、これはパス」

そう言って、私は依頼書を突き返しました。

「アリシアさん。お願いします！　この依頼を『黄金の暁』が受けたのですが、もう絶対に問題になることが目に見えているのです！　成功報酬を倍にしますので、どうかよろしくお願いします」

受付の女性はそう言って私に頭を下げてきました。

Bランクの『黄金の暁』ですか。この前のゴブリン討伐でも会いましたが、何故か金色の鎧を着たナルシストのリーダーに、ドワーフの盾の戦士。女と見れば誰でも口説く槍使い。いつもヘラヘラと気味の悪い笑いを浮かべている狩人。

ダメです。拒否反応しか出てきません。

「『黄金の暁』が受けたのならいいよね。私は別の依頼を受けるから」

「待ってください。アリシアさんが受けてくださるのなら、『黄金の暁』は依頼人から断ってもらうということもできます。お願いします。依頼人とモメるのだけは避けたいのです」

この話からいきますと、依頼人と共に調査をするということなのでしょう。

どこかの遺跡がダンジョン化したとかそのようなものでしょうか？

ここまで条件を提示してくるとは、冒険者ギルドとしては、ことを構えることはかなりの問題に発展すると考えているのでしょう。

ただ、Aランクが私しか居ないかといえばそうではなく、それなりにはいますが、色々個性的な方々なのは否定できません。

今までに出された条件を精査しますと、

・ダンジョンの調査依頼のため一日では終わらない。
・依頼者と共にダンジョンに潜る。
・お金は倍……倍！

今月も弟のことで色々出費してしまいましたし、来月には妹の知り合いの公爵令嬢のお誕生日会がありますので、ドレスを新調して何かしらのプレゼントを用意して……

「成功報酬を三倍に」

「のった！」

はっ！　思わず答えてしまいました。

「それはよかったです。これで私の首も繋がりました。ギルドマスターも人が悪いですね。アリシアさんには最初は三分の一の報酬金額を言うようにだなんて」

「は？」

「今、依頼人の方々が会議室に来て話し合いをしていますので、アリシアさんも参加してきてください」

「いや、ちょっと待って」

「本当にアリシアさんが今日来てくださってよかったです」

完璧にはめられました。お母様からは人は騙す生き物だから気をつけるようにと、何度も言われてきましたのに、まさかこのような手に引っかかってしまうだなんて、私はまだまだですわ。

「もし、文句がお有りでしたら、直接ギルドマスターと交渉してください」

「そうですか。あのハゲを絞め上げればいいということですね」

「あ……その……はい。マスター、私にはご武運をここから祈ることしかできなさそうです」

神に祈るポースをしている受付の女性に背を向けて、会議室がある二階を目指します。今日は何故かモーゼの海の如く、人が道を空けてくれますわ。


フツフツとした怒りを心の内に溜めながら、二階に上がる階段を踏みしめて行き、人の気配が複数ある部屋の扉の前に立ちます。

そして、両開きの扉のドアノブを両手で持って、勢いよく開け放って言い放ちます！

「悪いんだけどさぁ。無理だから、他を当たってもらえ……」

あ、ヤバいです。確かに図体のデカいハゲのオッサンの姿があるので、ギルドマスターがいることがわかります。そして、光を反射する金色の鎧が視界に突き刺さり『黄金の暁』がいることも窺うことができます。

ただ視界に見慣れない臙脂色の騎士団の隊服を着た人たちがいます。そして、私は斜め上に視線を向けました。

「……ます……か？」

なんとか最後まで言葉を続けましたが、私の怒りは飛んでいき、侵入してきた私を排除すべく剣を首元に向けている人物を見て冷や汗が背中を伝ってきました。

ただいま、朝の八時四十分です。今現在私は、人生を賭けた岐路に立たされています。

そう貴族の娘が、このようなところにいるなど、世間様に知られれば、貴族生命の危機です。

たとえ変装していようとも、目の前にいる婚約者には私が誰かと既にわかっているでしょう。

巷で流行っている婚約破棄なんてものをされてしまえば、私どころか家族が路頭に迷い、建国以来続いた我が家の爵位を返上するという事態になりかねません。

絶対に婚約破棄は駄目です。

ならば、この危機的状況を打破する選択肢は三つ。


一．そのまま何事もなかったかのように振る舞う。

二．正直にことの経緯を話す。

三．逃げる。


貴族の娘が冒険者の格好をし、平民のような砕けた話し方をして、婚約者と向き合った場合の正しい対処法を、誰かこっそり私に教えて貰えないでしょうか？


確かに先週のお茶の時間に言われてはいました。

「シア。来週は急遽仕事が入ったために会えそうにない」

と。

婚約者のアルフレッドが驚いたように目を見開いて私を見ています。これ絶対に私だとバレていますよね。


私の選んだ選択肢は三ですが、ギルドマスターに文句は言っておかなければなりません。

ですから、正確には一になります。

剣を向けているアルを無視して、私は向けられた剣を避けるように身を屈め、瞬時にギルドマスターの背後に立ちます。

「報酬がいいからって、人を騙すようなやり方は好きじゃない、このハゲ。私はこの依頼は断るから、このハゲ」

「アリシア、何度も言うがハゲではなくスキンヘッドだ」

ギルドマスターの言い分は知りません。私は言いたいことは言ったので、そのまま背後にある窓枠に手をかけ、外にとんずらしようとしたところで、私の手に重ねるように大きな手が置かれました。しかし、条件反射でその手を弾き返します。

そのまま私を逃してくれないのですか？　気配を感じさせず近づいてきたアルからジリジリと私は距離を取ります。

無表情に見下ろすアルは離された距離を詰めるようにジリジリと近づいてきました。

「ネフリティス副団長。席に着け」

アルの行動を止める声が聞こえてきましたが、アルは私から視線を外しません。

「ネフリティス副団長。彼女は冒険者ギルドに所属している人物なのだろう。そこまで警戒する必要はない」

同じ声がアルを諫めていますが、それは見当違いというものです。警戒ではなく、私を確保する気満々という感じでしょう。

アルは一気に距離を詰めて手を伸ばしてきましたので、身体を傾けて手を避け、アルの背後に回り込みます。

再び窓から脱出を計ろうとしますと、瞬時に回り込まれ阻止してきました。ですので、私は床を蹴り、天井を足場にして入ってきた扉の前に降り……ていませんでした。何故かアルの腕の中にすっぽりと収まっているではないですか。

「くぅー！　今まで鬼ごっこで負けたことなかったのに」

子供のときはアルと鬼ごっこをして私が負けたことなんて一度もなかったのです。

今回もアルの隙を抜けきれると確信していましたのに、捕まってしまいました。

思わず悔しさが小声で漏れます。それに対しアルは『ふっ』と笑いをこぼし、珍しく口角が上がっていました。

あれ？　怒っていない？

そして、私はそのままアルに連れて行かれ、赤竜騎士団の人たちが十人ほどいる席に連れて行かれ、アルは元居たであろう席に着きました。

　ということは抱えられた私は必然的にアルの膝の上に乗ることになるのです。

「あ……これは……ちょっと……え？　なにこれ？」

　プチパニックです。私は何故アルの膝の上に鎮座することになったのでしょう。周りの人たちもざわざわとなっています。

「あー。お嬢さん、すみません。ネフリティス副団長。それは元のところに返してきなさい」

　先程とは別の声が聞こえて、そちらに視線を向けようとすると被っていたフードを更に引き下げられ、前が見えないようにされてしまいました。

　それにしても、私は捨て猫のような扱いですか？

　拾ってきた猫を元いた場所に戻すように言われるなんて。

　しかし、アルは動く様子はありません。

「いやぁ、流石アリシアだな。鬼人と噂高い赤竜騎士団のネフリティス副団長に気に入られるなんてな」

　ハゲが何かを言っていますが、なんですか？　キジンとは？

「鬼子と言っても所詮人の子ですね。見た目に騙されてはなりませんよ、その女は綺麗な顔をしていても、側にいれば血の雨が降りますよ」

　金ピカの鎧が何かを言っていますが、そんな派手な鎧がいれば獲物がここにいると示しているようなものなのです。

　集中砲火を浴びている貴方を助けてあげれば、鎧が汚れたと逆切れをしてくる。魔物の体液ぐらいでピーピー喚（わめ）かないでいただきたいものです。

「このアリシアという女性は有名な冒険者なのですか？　その名には聞き覚えがありませんが」

私を猫扱いした声がハゲのギルドマスターに聞いていますが、私は『黄金の暁』ほど有名ではないのでしょう。

私が受ける依頼に大物の魔物の討伐はありません。

そんなことで有名になってしまえば、自分で自分の首を絞めるようなものですから。

「このアリシアはいわゆる万能型ですな。一人で何役もこなせるので、本来であればダンジョンの調査などには向いております」

ハゲがいつもより丁寧な言葉を話しています。

王族機関となれば、それなりに対応しなければならないと。……あれ？　そもそも何故、騎士団が冒険者なんかに依頼をしてきたのでしょう。

ダンジョンの調査など騎士団だけで賄（まかな）えることだと思います。

「本人も断っていましたが、何か問題でも？」

「アリシアの個人的な都合で日をまたぐ依頼はNGなのですよ」

私が我儘（わがまま）を言っているような言い方をしないで欲しいですわ。ハゲ。

「それはそうでしょ！　家に年老いた老人二人と妹と色々問題を起こす弟がいれば、家を空けることなんてできないの。私は家族を見ながら稼がなければならないからね。ダンジョン調査なんて無理」

私はいつも長期の依頼を断る文言（もんごん）を言います。

これでいつも皆納得してくれます。

騎士団の人も『それは大変ですね』と同情してくれましたが、ただ一人雰囲気が変わった人物がいます。はい。私を抱えているアルです。

「シアが稼がなければならないとはどういうことだ？」

私の耳元で小声がボソボソと聞こえてきました。

あっ、しまった。

ネフリティス侯爵家から月にそれなりのお金をいただいているのに、私が働かなければならないことに疑問視されているのですね。

私はここでは声にして答えられませんので、左手の平を膝の上で上に向けてそこに文字を右手で書きます。

［去年の冬。父が壺を買った］

アルならこれだけで状況は理解してくれるでしょう。毎年冬は社交のために父と母が王都に滞在するのですが、目を離した隙に父と弟が居なくなり、慌てて探すと人が入りそうなほど大きな壺をどうやって持って帰ろうかと悩んでいるではないですか。

確かに陶磁器を所有することは貴族の一種のステータスです。しかし、買うにしてももっと実用的なものにして欲しいというと、にこやかな笑顔で『幸運が舞い込む壺なんだよ』と返されたのです。

どうみても騙されて買ってしまったであろう壺でした。それも三千万L（ラグア）の借り入れまでさせられ購入したのです。

先代の借金も返せていないのに、更に借金が増えることとなり、母が必死で働いて、その借金を半年かかってやっと完済したところです。我が家に余裕がある時期などありはしないのです。

私の文字を見たアルからため息が降ってきました。

我が血族の男は危機感というものが備わっていない人たちなのです。

「だから、私は別の依頼を受けるから、解放してもらえる？」

取り敢えずこの状況から解放されたいです。心臓がドキドキしてアルに聞こえてしまいそうです。

「嫌だ」

何故に！　なんですか？　私にそこまで依頼を受けて欲しいのですか？

「そもそも何故、騎士団が冒険者に依頼を？　調査ぐらいなら、騎士団だけで問題ないよね」

「それはですね。先週から何度かダンジョンに潜っているのですが、ある一定のところから進めなくなりましてね。我々が目的としているところまで行けていないのが現状なのですよ。ですから、冒険者であれば進めるのかと思いまして依頼をさせてもらったのですよ」

ん？　これはこれでおかしな話です。冒険者ギルドの依頼は発生したダンジョンの調査です。

しかし、騎士団の言い分ですと、ダンジョンの全体像の把握をしているけれど、その先に行けないと言っているではないですか。

この矛盾はなんでしょうか？

「では一度攻略した人に頼めばいいよね」

「それが頼んでみたのですが、そんなはした金で依頼は受けないとガラクシアース伯爵夫人に断られまして、困っているのです」

お母様！　そんなはした金に娘は飛びつきましたよ！

そうですか、母は目的地にたどり着いたけれど、騎士団では無理だったと。ですが、私が受ける理由にはなりません。

「そうですか、私はその辺にいるただの冒険者ですので、他の人に頼んでください」

私はきっぱりと断ります。

「ネフリティス副団長。断られましたので、アリシアさんを放してあげなさい」

「嫌だ」

アルは頑なに拒否しています。これはどうしたらいいのでしょう？

「鬼人の副団長さん。黒衣のアリシアを気に入ったかもしれないっすけど、そいつ昔から好きなヤツが居るって言っていたっすから、諦めた方がいいっすよ」

……狩人！　本人を目の前にして何を言ってくれるのですか！　何か背後の気配が変わったのは気の所為だと思いたいです。

「そうだよねー。俺が何度さそっても断ってきたし」

女とみれば誰でも口説いている人に言われたくありません！　背後がピリピリとした気配をまとい出したのですが、どうすればいいのでしょう。これは私がアル以外に心移りをしていると絶対に思われていますよね。

私の中でこの先に起こる未来が駆け抜けていきます。

結婚したあと貴族の役目として子を成したあとに、愛人を囲ったり若い男と遊んでいる夫人の話を耳にしますが、私とアルは婚約段階。

この婚約を破棄されてしまえば、私は他の貴族との婚姻は絶望的になります。

となれば、誰も我がガラクシアース家を支援してくれる貴族などおらず、爵位を返納して一家離散して散らばっていくしか生きる手立てはないでしょう。

ええ、父と弟は見捨てる未来です。

これは家族としても人としても駄目です。

私は何がなんでもこの婚約を手放すわけにはまいりません。

「シアの好きな人って誰？」

とても低い声が背後から聞こえてきました。私は意を決して、変化の魔術を解いてフードを外し振り返ります。

「フェリシアは今も昔もアル様一筋ですよ」

冒険者の私よ。さよならです。

私を見下ろす碧眼の中には白髪に金目の少女が映っています。見た目だけは深窓の姫君という容姿ですが、グリズリーベアを片手で捻り上げるほどのガラクシアース伯爵令嬢です。

すると、ざわめきが起こる中でアルは私を抱きしめて……肩に噛み付いてきました。

え？　噛まれている？

比喩(ひゆ)ではなく物理的に噛まれています。

昔もこのように噛まれたことがあったようですが、あまりにも昔過ぎて思いだせません。

周りの騎士団の方々がアルに止めるように言っていますが、ゴリゴリと歯が肩の肉に食い込んでいっています。

確か……あれは私が三歳の頃でしたか。ネフリティス侯爵家の番犬と追いかけっこをして八歳のアルを置いていったことがありましたね。そのときはアルを除け者にしたと、感情が上手く表に出せないアルが噛み付いてきたことが……アルの成長していない説がでてきました。

これは周りの皆が、感情が表にでないアルの意を汲み取って行動してしまう弊害なのでしょう。

「はぁ。一緒にダンジョン調査しますから、機嫌を直してください」

すると大人しく肩から離れてくれました。そのときのアルの顔は十五年前を思いだされるほど口の周りが人を食ったようになっていました。キラキラ王子様は物理的に肉食だった！

「え？　機嫌が悪かっただけ？」

「マジで鬼人じゃないっすか」

「あー。やっぱガラクシアース伯爵夫人がおっしゃっていたとおりになったな」

ん？　そこのハゲ！　今なんと言いましたか？

「その白髪と金目はガラクシアース伯爵家の色ですね。これは心強いです」

私を猫扱いした人の声に視線を向けますと、どこかで見た人が私にハンカチを差しだしてくれています。

なぜ、この方がここに？

あ……お母様の影がチラチラと見えてきました。

目の前にいる御方は赤竜騎士団団長のジークフリート様です。そして、この国の第二王子殿下であります。

貴族のご令嬢がジークフリート様の前に立つと見惚れてしまうほどの美しい麗人ですが、その実力は母の折り紙付きです。そう、母の弟子と言えばいいのでしょうか。

その差しだされたハンカチを受け取ろうと手を伸ばせば、殿下の手が弾き返されました。

「シアは俺のだ」

……アル。それはちょっと恥ずかしいですわ。

それに好意でハンカチを差しだしてくださいましたのに、手を払い除けるとは失礼ですわ。私の肩の傷は既に閉じて跡形もありませんが。

すると殿下は機嫌を悪くされるどころかクスクスと笑いはじめました。

「ここ数日のアルフレッドの機嫌が最高潮に悪くてどうしようかと思っていたのですが、原因の貴女が来てくれるのであれば、我々としてはありがたいですね。もう本当にシアに会いたい。シアに会いたいと、うるさくてね」

「ジークフリート！　黙れ！」

あら？　アルは本人を目の前に第二王子を名で呼べるほど仲が良いようです。

この流れから言えば、まだ私は冒険者を続けていいということでしょうか？　しかし、問題が山積みですので取り敢えず、あのハゲをしばいて色々聞きださないといけないようです。

第十話　お腹が痛いのですが……

「そこのハゲ。さっきの言葉の意味を教えてくれない？」

　私はアルの口元を拭いながら、ガタイのいいハゲに尋ねます。このハンカチ、乾く前に水洗いしておきたいという衝動が頭の中を駆け巡りましたが、聞いておかなければならないことは、今聞かねばなりません。

「ハゲではなくスキンヘッドだと何度も言っているだろう……まぁ、今回の話を持ってこられたのがガラクシアース伯爵夫人だからだ」

　え？　そもそもこの話を持ってきたのが、お母様だったのですか？　この王都に来ていたなんて、私は全然知りませんでした。それなら、屋敷に寄って顔ぐらい見せてくださってもよかったですのに。

「今は手が離せない案件があるから、他の人にお願いすると。『冒険者アリシア』に頼むのであれば、依頼料を三分の一ほどに下げてから釣り上げれば、上手く釣れるから、そこに赤竜騎士団のネフリティス副団長をつけておけば、丸くおさまると」

　お母様！　全てはお母様の手のひらの上で転がされていたのですか……流石、あの父と結婚してお金を稼ぎながら、上手く領地を回している伯爵夫人です。私などまだまだですわ。

　お母様の手が入っていたのでしたら、仕方がありません。

「はぁ。それはわかったけど、その作戦をそのまま使ったハゲに鬱憤（うっぷん）を晴らしてもいいよね？」

「違うだろう。それから今回のダンジョン調査の依頼は『黄金の暁』と『黒衣のアリシア』に依頼する形だからな。そこは違うだろう？」

何を言っているのでしょうか？　このハゲは……お母様の策に『黄金の暁』を足しただけではないですか。そもそも『黄金の暁』との共闘は嫌ですわ。

「『黄金の暁』と一緒なら依頼は受けない。ちょっとその鎧に魔物の体液がついたぐらいで大騒ぎするなんて、とてもじゃないけど、一緒にダンジョン調査なんてできない」

私は金ピカの鎧を指します。

そもそもダンジョンが清潔かといえば違います。色々ダンジョンによって形は異なりますが、限られた空間で魔物と戦闘するということは、多少は汚れるのです。それで一々足を止められてしまえば、ダンジョンの調査どころではありません。

「あれが『ちょっと』？」

「あれは酷かったっす」

「ワシでもビビったのぅ」

「『黒衣のアリシア』……いいえ、ガラクシアース伯爵令嬢。魔物を吹き飛ばして、空中で肉塊になるなど、普通はありえません。その所為で血の雨をかぶる身にもなってもらいたいものです」

何を皆様は言っているのでしょう？　珍しく盾のドワーフまで私を非難するように言ってきましたわ。あの大群に襲われているところで、その場で魔物を退治すれば、足元に魔物の死骸が折り重なって、逆に身動きが取れなくなってしまいますわ。その場合は斬りながら遠くに飛ばして足場を確保するのがセオリーではないのでしょうか？

「魔物の体液ぐらい避ければいいじゃない。それから……」

私は髪と目を黒色に変えます。そして堂々と口にしました。

「私のことは『アリシア』と呼んでください。オルグージョ伯爵家の五男に名乗った覚えはありません」

「奇遇ですね。私も名乗った覚えはありませんよ」

私と金ピカの間で火花が散ります。『黄金の暁』のリーダーの彼は貴族の血が入っています。しかし、五男ともなると己の身で生計を立てなければならず、普通であれば騎士としての職を得て、騎士伯爵の地位を承るのです。

しかし、彼はとある騎士団で問題を起こしたらしく、冒険者になったという経緯の持ち主です。ですから、冒険者ギルドの受付の女性が彼らでは問題が起こると決めつけたのです。

騎士団と揉めごとを起こしたデュナミス・オルグージョの名を持つ彼がいる『黄金の暁』が依頼を受けることに。

ただ、この依頼にはジークフリート第二王子が絡んでいるため、貴族の出身の者が受けることで、冒険者ギルドとして体裁を整えたいと考えているのでしょう。

何か問題を起こしたときに背後に貴族の影があるかないかで、騎士団側の対応も変わってくるでしょうから。

「仲がいいな」

私が金ピカと睨みあっていますと、背後からとても低い声が聞こえてきて、私を抱えている腕の力が増していき、お腹がギリギリと締められていっています。

アル。仲は良くないので、お腹を絞めないでほしいですわ。

「アル様。仲は悪いですのよ？　名乗りあったこともありませんから」

互いに名乗ったことはありませんが、冒険者としての彼が『デューク』と名乗っていることは知っています。しかし私は金ピカでいいと思っています。

「うん。これはアルフレッドの機嫌のために彼らは外した方がいいですね。こちらとしては、ガラクシアース伯爵令嬢にお願いしますよ」

第二王子。聞いていましたか？　これは冒険者の『黒衣のアリシア』に依頼されたのです。決してガラクシアース伯爵令嬢の私ではありません。

「ジークフリート第二王子殿下。この依頼は冒険者アリシアが受ける依頼です。お間違えなきようにお願いします」

「では私のことは団長と呼ぶように」

白銀の前髪をかき上げながら、紫紺の瞳を私に向けて、美人と言われる第二王子が凄く偉そうな顔をして言ってきました。

あ……なんだか。過去の映像が浮かんできて、イラッとしました。

いいえ、第二王子ですので、偉い人ではあります。イライラを抑えながら私は笑みを浮かべ先程の言葉の訂正を行います。

「そうですね。赤竜騎士団団長様」

名は呼びませんよ。団長と呼ぶように言われたのですから、しかしお腹の締め具合が段々とキツくなっているのは気の所為でしょうか？

「ではこの度の依頼は『黒衣のアリシア』のみの同行で問題ないとのことでありましょうか？」

ハゲは下手に出ながら伺っているものの、どこか安堵しているようにも思える表情をしています。

そんなに『黄金の暁』に依頼を受けさせたくなかったのであれば、別の人選を……いいえ、一番融通が利くのが『黄金の暁』だったということですか。

貴族の血を引いていて冒険者という職を選択している時点で普通ではないのです。個性的と言えば聞こえがいいですが、戦うことが趣味だったり、遺跡巡りの趣味が高じて冒険者になった変わり者だったり、冒険者がかっこいいからといって冒険者になった者だったり、一筋縄ではいかない性格の持ち主たちです。

騎士団という集団の者たちと上手くやっていけるかといえば、かなり厳しいでしょう。しかし『黄金の暁』はまだ他人と歩調を合わせることができるチームだということです。

「問題ないよ。知らない仲でもないしね」

ふぉ！　お……おなかが！　このままだと、口からキラキラエフェクトを出してしまいそうですわ。

これは貴族云々というより、淑女として人前でそのようなことは絶対に許されません。

「アルさま……すこし……ちからの加減を……」

締め具合が緩んで、なんとか私は体裁を保てました。危なかったです。命の危機は何度か感じたことはありましたが、このようところで、まさか淑女としての危機を迎えようとは露程にも思いませんでした。

「ジークフリート。シアと仲がいいとはどういうことだ？」

え？　そんなこと一言も言ってはいませんでしたよ。『知らない仲』を聞き間違えたのですか？　アル。

「そうだね。屋敷を行き来するぐらいだったね」

うっ！　これはお腹に指が食い込んでいませんか？　今着けているベスト状の革の鎧は普通の服のように見えても、ワイバーンの革でできた鎧なのです。それを革ごと凹ませているのですか？

「それは初耳だ」

怒気と殺気が混じった空気が辺りに満ちています。しかし目の前の第二王子はそんな重苦しい空気をどこ吹く風かのように受け流し、ニコニコと笑みを浮かべています。

そして、『黄金の暁』は触らぬ神に祟りなしと言わんばかりに、この場からさっさと去って行ってしまいました。赤竜騎士団の人たちはいつものことだと言わんばかりに一定の距離を保って、二人の間に入って止めようとはしていません。

はぁ、ここは私が説明するべきでしょう。

「アル様。目の前の赤竜騎士団団長と呼ぶように強制した者は、不法侵入の常習犯です」

「ん？」

「酷い言い方ですね。ガラクシアース伯爵夫人に弟子入りに来たと説明するところでしょう」

怒気と殺気は一瞬にして消え去り、どういうことだと私の顔をアルは覗き込んできました。

そして、第二王子。私は今でもアレを弟子入りとは認めていませんよ。


あれは私が八歳のときです。社交シーズンも終わろうかという時期でした。冬の太陽が少し暖かいと感じるようになった庭で、三歳になる妹のクレアにお遊びを取り入れた剣術の稽古を付けているときです。冬でも青々とした生垣が揺れ、一人の少年が侵入してきたではないですか。

勿論私と妹は警戒を最大限に引き上げました。妹も幼いながらもガラクシアースの血を持っています。ここに侵入してくる者がいるとはどういうことか理解をしているということです。

「おや？　君たちはガラクシアース伯爵家のご令嬢かな？」

私たちがガラクシアースだということは、白い髪と金色の目を見ればわかります。このガラクシアース伯爵家の本家は一族の血の結晶と言って良いほど、ガラクシアース伯爵家を守るために血を重ねてきた存在です。それは誰が見ても私と妹がガラクシアースだとわかることでしょう。

しかし、それを侵入者に答える義理はありません。

「侵入者は排除します」

私は十三歳ぐらいの少年にただの木剣を向けます。見た目は銀髪に紫紺の瞳を持ち、美少年と言って良い容姿で、幼い私でも耳にするほど有名な第二王子に似ているようですが、そんなものは構いません。侵入者は排除するのみです。

「私はガラクシアース伯爵夫人に弟子入りに来たのです」

お母様に弟子入りとは、この侵入者は何をおかしなことを言っているのでしょうか。

「侵入者は排除します」

私はそう言って、生垣を背負うようにして立っている少年の目の前まで一気に距離を詰め、首元に木剣を突きつけます。

「お帰りを」

ただそれだけを言葉にします。しかし、少年は私の脅しにも屈せず、両手を顔の横まで上げて抵抗をしないという意思表示をしながらも、ご自分の要望を口にしたのです。

「私はこの国の第二王子なのですよ。その私に剣を向けるということが、どういう意味かご令嬢にはわからないかもしれませんが、ガラクシアース伯爵夫人に取り次いでもらえるのであれば、この不敬を見逃してあげてもいいですよ」

侵入したことを謝るどころか、この私を脅してきたのです。それも私を見下して偉そうな顔をして言ってきたのです。

「今この場で私に侵入者である貴方が第二王子だという証明ができるというのですか？　お付きの人も見当たりませんね。第二王子という身分でしたらお付きの人の一人や二人ぐらい、いるものでしょう」

そうなのです。この少年の服装は王族というよりも、見習い騎士のような簡素な隊服を着ており、この周りには私と妹と少年しか人の気配がありません。遠くのほうでは、この様子を窺う気配は感じますが、これは王族に付いている影という者の存在でしょう。

私が指摘すると、少年は自分の顔を指で差しました。

「この顔を見ればわかりますよね？」

……まだ八歳でしかない私に王族と謁見する機会があったとでも思っているのでしょうか？　……絵姿は一般的に売られているようですが、貧乏貴族である我が家に王族の絵など一枚もありません。

「私の知り合いに貴方のような人はおりません。侵入者の方、貴方はどの未来を選びますか？　ガラクシアースの敵として排除されるか、このまま帰られるか」

「うーん。まさか敵扱いされるなんて、予想外だね」

そう言いながら私の木剣から逃れようと、横に移動する素振りを見せます。

「クレア！　足止めですよ」

「あい！　ねぇーたま」

私は背後にいた妹のクレアに指示を出しますと、三つになるクレアは十三歳の少年の右足に突撃します。

すると、少年はバランスを崩し生垣に身を沈めました。

「いいわ。クレア、そのまま締め上げなさい」

「あい！」

右足に抱きついたクレアの腕の力が徐々に強くなってきているのでしょう。声にならない声を漏らしながら少年は口をパクパクしています。

「さぁ、侵入者の方。このまま妹に足を折られるか、まだ無事な足を引きずって帰るかどちらがよろしいですか？」

少年は流石に耐えきれなかったようで、泣きながら謝ってきました。ガラクシアースはどんな理由があろうとも、当主と嫡男を外部の者と接触させることは極力避けなければなりません。

これが、少年だった第二王子と私の出会いです。ここに仲の良さなど、一欠片もないことが、おわかりになっていただけましたか？

第十一話　幼児に負ける少年たち

「アル様。この団長という方は、ことあるごとにガラクシアース伯爵家に侵入しようと試みて、私とクレアに追い返されるという愚行を繰り返していたのですわ」

　すると、私の上からアルのため息が降ってきました。

「ジークフリート。ガラクシアース伯爵家を敵に回したのだな」

　アルはこの言葉だけで、第二王子がガラクシアースを敵に回したことを理解したようです。流石ですわ。

「いや。敵には回していない」

「ガラクシアース伯爵夫人に嫌われていると自覚していないと思っていたが、理由を聞けば納得だ。今回のことを拒否されたことも、剣術の指南を乞うているときに、夫人が容赦なかったのも、最終試験だと言われ死の森に叩き入れられたのも、全部それが発端だ。最終試験を付き合わされた身にもなってほしいものだ」

　第二王子はアルから見てもお母様に嫌われていたのですね。二年間懲りもせずに侵入を繰り返して何度も追い返された第二王子は、とうとう国王陛下の権力を用いて、お母様に剣の指南を乞うことになったのです。

　その様子を私は知ることはなかったですが、アルの話からすると、かなり容赦がなかったのでしょう。最終試験が死の森とは、お母様はきっと事故で命を落としたら、第二王子の実力不足だったと言い切るつもりだったということです。

　そして、周りにいる騎士団の方々も青い顔色をして『あれはやっぱり普通ではなかったのか』とか、『何度死が脳裏によぎったことか』とか『それは脱落していく奴らがいるよな』とか口々に言っていることから、周りの皆様は第二王子に向けられたお母様の怒りの余波を受けたのでしょうね。

「ということですので、そこの団長という方とは仲がいいわけではありません」

　私は話を締めくくるように、アルの言葉を否定します。そして、現実的な問題を口にしました。

「それで数日、屋敷に戻れないと問題が起こったときに対処ができずに困った事態になると思うのです。そこが解決できない限り、私はダンジョン調査には参加できません」


　問題とは勿論、弟のエルディオンが起こす問題です。お人好しであるエルディオンは学園で直ぐにからかわれて、騙されるのです。

　靴を人に渡して帰ってくるなど可愛らしいものです。

　ある日学園から戻ってきて、授業に使う書物が欲しいと、とても高価な書物の名を挙げられて、不審に思いアルの弟のファスシオン様に確認をしてもらえば、授業では必要のない書物であったり、雨の日にネクタイピンを落としたから一緒に探して欲しいと言われ、雨の中一人で草むらの中を四つん這いになっている姿を発見したり、剣術の授業で怪我をしたと言われ迎えに行けば、十数人から手合わせをお願いされたと本人は言っていましたが、聞くところによると一対一ではなく一人対十五人だったというではないですか。

少年たちは悪ふざけの延長という感じなのでしょうが、私からすれば、悪意しか感じません。

しかし、貴族社会で正面切って仕返しをすると問題になりますので、エルディオンに誰に言われたの
かを聞き出すのです。

そして、遠目にターゲットを確認して、親指と中指をデコピンするように構え、指に力を込めて弾きます。圧縮された空気の弾はターゲットの膝裏を直撃し、膝カックン現象を引き起こし、ターゲットは意味が分からず倒れていくのです。

隣であわあわしているエルディオンの背中を押して連れ帰るというのが、白の曜日以外の日課です。

こう見えても私は忙しいのですよ。午前中から昼過ぎまで冒険者ギルドの依頼をこなし、夕方に御者の爺を伴ってエルディオンを学園に迎えに行き、ほぼ毎日起こる問題に対して、制裁を加えるのです。まぁ、こうして貴族の間でガラクシアース伯爵家を敵に回すと恐ろしいということが身しみていくのです。これもまたガラクシアース伯爵家を守るために必要なこと。

そんな弟を数日放置するということは、その数日の間で悪意のある悪ふざけが増長する可能性があるのです。エルディオン自身は良いことをしたとしか思っていませんが、ガラクシアース伯爵家がナメられたままは危険なのです。これはエルディオンの婚約者を領地から呼び寄せた方がいいでしょうか。

「赤竜騎士団の誰かを派遣しましょうか？」

第二王子がとても愚かなことを言ってきました。

「今度は事故のように見せかけるのではく、直接お母様の剣で殺されたいのですか？」

他人を屋敷に入れるなど言語道断。お母様だけでなく、私も第二王子の背後を狙うことでしょう。

「数日の間、エルディオンをネフリティス侯爵家で預かるのはどうだ？　数日であれば、学園を休んでも問題にならないだろう。遅れた分はファスシオンに教えさせればいい」

「アル様。流石にこれ以上ネフリティス侯爵家のお世話になるのは、いかがなものかと思うのです」

ただでさえ、お金の面でお世話になっていますのに、追加と言わんばかりにエルディオンをファスシオン様がフォローしてくださっているのです。昼食もなるべく一緒にとってくれているようですし、校内をウロウロしているエルディオンを保護して、何かしようとしているエルディオンを止めてくださってもいるのです。流石に数日間とはいえ、エルディオンを見てもらうとは……しかし考えてみれば一番理(り)に適(かな)っているかもしれません。

学園に行くから問題が起こるのであって、屋敷内であれば、誰かの目があるのですから。ええ、勝手に外に出ない限りですが。

「それであれば、妹のクレアに頼みますわ。ガラクシアース伯爵家からエルディオンが出なければいいのですから」

「シア。シアに無理を言って来てもらうのだ。それぐらいさせてほしい」

「まぁ、アル様」

無表情ながらも、少し眉を下げて申し訳なさそうな表情をアルはしています。本当に今回の依頼は私に無理を言っていると思っているのでしょう。エルディオンを預かって、その上勉強まで見てくれると。

「団長。恋人が居ない自分はこれを見せられ続けられるのでしょうか？」

「恋人欲しいなぁ」

「でも、騎士団にいたら出会いなんてないですよ」

何か外野がうるさいですわ。するとアルに頭を抱えられ抱き寄せられました。

「シアはやらないぞ」

「誰も副団長の婚約者を取りませんよ」

「そもそもガラクシアース伯爵夫人から剣を教えられた者としましては、関わりたくないのが本音ですね」

アル。そもそも婚約者として家同士で婚姻を決めているのですから、何か決定的な問題がない限り、この婚約はなくならないでしょう。そう、今回のように貴族の令嬢が平民の姿をしているという有り得ないことが起きない限り。

「アルフレッド。十五歳の私が十歳の彼女に勝てなかったのですよ。そんな凶暴な恋人は押し付けられてもごめんです」

あれは王命を持ってきた第二王子に対して、お母様がけしかけたことですので、私が悪いわけではありません。

お母様が言いたかったことは、十歳の娘にも勝てない第二王子に教えることなんて、できないという意味が込められていたのですが、第二王子の付き人の方はボロボロになった第二王子を担いで、これ程強い令嬢を育てることができるのであれば、期待できると言って去っていかれました。

しかし、お母様が容赦なかったおかげで、第二王子の剣の腕はメキメキ上がり、次期統括騎士団長は第二王子だと噂が流れるほど、功績を次々と上げていっているのです。

「俺は三歳のシアに勝てなかったぞ」

アルは堂々と言っていますが、あれはお遊びの延長上のようなものでしたので、第二王子のときとは違い正面から剣を構えたものではありませんでしたよ。

「あのガラクシアース伯爵家の令嬢はヤバいという噂は本当だったのか」

「俺なら絶対に立ち直れない」

「三歳ってないですよね」

横目でその様子を見ていますと周りの方々が口々に好き勝手に言っているのを聞いていた第二王子の顔色がだんだんと悪くなってきています。三歳児に負けたという言葉に引っかかっているのでしょう。

私はアルの手をのけて、第二王子に視線を向けます。

「そう言えば赤竜騎士団団長様も三歳児に足を折られかけられましたね。そして、泣きながら『あ～～～～～！』……」

第二王子が、らしくもなく、いきなり大声を上げて私の言葉を遮りました。

「アルフレッド。アリシア嬢を屋敷まで送り届けてあげるといいでしょう。そのまま上がっていいですよ。今日は天気がいいですから帰りにデートでもするのもいいかもしれませんね」

その言葉を聞いたアルは私を抱えたまま立ち上がりました。これは黒歴史を知っている私を追い出そうと、しているのでしょうか？

そして、周りの騎士団の方々の視線が何故か第二王子に生温かい視線を向けています。

「ジークフリート団長。明日にはダンジョンに再び潜れるように整えておきます」

アルは先程まで呼び捨てにしていた第二王子に対して、上官に対する態度をとり、大股で会議室を出てきました。あの、私は下ろしてくれないのでしょうか？

《会議室Ｓｉｄｅ》

「あー……なんだ。ガラクシアース伯爵家は特殊な一族ですからな。そのようなこともありますよ」

今まで空気のように存在感をなくしていたガタイの良い大男がスキンヘッドの後頭部を右手でバリバリと掻きながら、擁護（ようご）するような言葉を言っているものの、会議室の広い部屋の空気はとても重かった。

「団長。泣かされたんですね」

「三歳児に泣かされるって、何があったのでしょうか」

「普通はないでしょう」

「いや、副団長があの『光の妖精』に勝てなかったと言っていたぐらいですよ」

「『光の妖精』って滅多に表に出てこない令嬢って意味ですよね」

「いや、あれはどう見ても副団長が出すのを嫌がっているだろう？」

「あ、自分、初めて『光の妖精』を見ましたけど、伯爵夫人と違って、とても儚(はかな)そうな感じでしたね」

「儚くなるのは敵対した者だ。言葉を間違えるな」

「もしかして、団長は貴族の令嬢たちの間で噂になっているクレアローズ伯爵令嬢に勝てなかったということなんですかね」

「ああ、あれだろう？　見た目は正にガラクシアース伯爵家だけれども、喧嘩っ早いという噂の」

「だったら仕方がないと思います。先日のお茶会で紅茶を男爵令嬢に掛けたと聞きましたよ」

「ヤバいな」

「ヤバいですね」

臙脂色の隊服を着た者たちが口々に言ってはいるが、中心にいる赤竜騎士団団長であるジークフリートは片手を額に当てて項垂れている。

この国の第二王子であり、赤竜騎士団団長である者としては、決して表に出したくない黒歴史だったのだろう。

少し前まで、騎士たちをまとめ上げる団長として威厳を保っていたジークフリートが、『光の妖精』と称された者の所為(せい)で、その威厳は吹き飛んでしまっていた。

そして、騎士たちの話は噂話へと移り、それなら仕方がないという方向になってきている。だが、結論として仕方がないとは、些(いささ)か、擁護にも何もなってはいない。

そんな言葉を振り切るようにジークフリートは勢いよく顔を上げる。

「ギルドマスター。今回のご助力を感謝します。それでは我々は、お暇させていただきましょう」

ジークフリートはさっさとこの場を去ろうとしたところを、ギルドマスターが引き止めた。

「少しよろしいでしょうか？」

ギルドマスターの問いかけにジークフリートは視線だけを向ける。言いたいことをさっさと言えということだろう。

「『黒衣のアリシア』は万能型でありますが、それは個人で動いたときのみです。集団となりますと、周りを巻き込む可能性がありますので、気を付けていただきたい」

「どういうことですか？」

「彼女に付いていけない者が被害を受けるということです。ですから、人はかなり選ばれた方がいいと思います」

ギルドマスターとして、一冒険者のことを口にするほど、『光の妖精』をかなり危険人物指定しているようだった。いや、流石Aランクの冒険者と言ったところだろう。

第十二話　二人だけの空間

私はアルに手を繋がれて王都の街を歩いています。アルはごきげんなのでしょう。頭一つ分背の高いアルを見上げますと、無表情ながらも口元がわずかに上がっています。

今いる場所は貴族が来るような地区ではなく、庶民が暮らすために必要な品物が揃えられた通りになりますので、とてもにぎやかな場所をアルに手を引かれて歩いています。

冒険者ギルドがある通りですので、私はよく知っている場所になるのです。しかし、アルはサクサクと歩いているのですが、貴族のそれも侯爵子息のアルがこのような下街の土地勘があるのでしょうか？

そして、周りからヒソヒソ声が聞こえてきました。

『あれ、黒衣のアリシアじゃないか』
『いつか何かを起こすとは思っていたが』
『赤の竜騎士に連行されているじゃないか』
『おいおい、あれ『鬼人の副団長』だろう？』
『とうとうお縄についたのか』

何故、私が悪者になっているのですか！　それに赤竜騎士団は討伐専門の職です。警邏（けいら）を担っているのは黒竜騎士ですわ！

　私は何も悪いことはしていませんわ。黒いフードの内側から声のする方に視線を向けてみれば、冒険者ギルドで見かける人たちが色々言っているのです。ああ、それなら何かしら言われても仕方がありません。冒険者ギルドでは色々やらかした記憶がありますので。

「シア。どこか行きたいところはあるか？」

　アルが私に希望を聞いてきましたが、ふと私は肝心なことを確認してないことに気が付きました。

「アル様。私、今回の依頼が結局どういうものか聞いていないのです。それによって用意するものも違ってきますし、数日ダンジョンに潜るとなると、その日数を過ごすために最低限のものは用意しなければなりません」

　私は倉庫一棟分の亜空間収納を持っているので、手荷物が増えるということはないのですが、新鮮な食料は必要ですし、どのようなダンジョンか知ることで、必要な物が変わってきます。今まで日帰りの依頼しか受けてこなかったので、足りないものは今日揃えておかないといけません。

「そうだったな。少しお茶でもしようか」

　アルはそう言って私の手を進行方向とは別の方に引っ張って行きます。

　路地の角を曲がり、別の通りに出て、テラス席がある庶民が利用するカフェに入っていきます。店内はまだ午前中のため、遅い朝食をとっているご老人や、仕事に行く前の一杯の珈琲を飲んでいる人など、パラパラと客がいるのが窺えます。そして、古い建物なのでしょう。床がギシギシと鳴り、一昔前に流行った形のテーブルや椅子が目の端に捉えられ、年季の入ったカウンターテーブルがこの店の歴史を感じさせてくれます。

「個室は空いているか？　……そこにいつもの紅茶と菓子を頼む」

　カウンターの奥にいる白髪混じりの金髪を後ろに撫でつけた壮年の男性がアルの言葉に頷くだけで答えました。愛想というものは全く見受けられませんが、客層からみれば、静かに時間を過ごしたいという人が利用するカフェなのでしょう。

　それにアルの言葉から定期的にこのカフェを利用しているようでした。とても意外です。

　アルは勝手知ると言わんばかりに店の奥に行き、重厚な扉を開けそこに入って行きます。

　その部屋の中は先程の店内とは異なり、一番に目に入ったのは白い大理石でしょうか？　石のテーブルが中央に鎮座しています。毛足の長い絨毯に足を取られながら進むと、柔らかそうな黒い革のソファに座るようにアルに促されました。腰を降ろすと沈み込みそうなほど柔らかいです。

　何でしょうか？　この部屋だけ特別なのか内装が違っています。

　私が外套のフードをはずして、部屋の中を見渡していますと、斜め上からため息が降ってきました。

どうしたのでしょう？

「シア。生活が苦しいのなら言ってくれれば、いくらでも援助する。だから、働かなくてもいい」

　はぁ、やはり貴族の令嬢が庶民の格好をして冒険者なんてしているのは外聞が悪いのでしょう。

　しかし、ここでアルに生活費を出してもらうのは違うと思います。

「アル様。私はいやいや冒険者をしているのではないのですよ。これはこれで楽しいのですわ。偽善かもしれませんが、困っている人を助けることができるのですもの。そういう意味ではアル様のお仕事と同じですわね」

　私は好きでこの冒険者をしているのだと、笑みを浮かべてアルに言います。

　冒険者と言っても誰かから依頼がなければ、職がなくなる存在です。冒険者ギルドは依頼人と冒険者という依頼を受ける人たちを繋ぐ仲介業社でしかありません。依頼人は様々です。畑がワームに荒らされて駆除をしてほしいが、少ししかお金を出せないとなると、その依頼を受ける人はいないでしょう。ですから、別の依頼を抱き合わせて、ついでにこの依頼も受けてほしいと言われるのです。

　言い換えれば、冒険者は『何でも屋』なのでしょう。

　妹のクレアほどの歳の少年たちが、『ドラゴンを倒して有名になるぞ』と意気込んでいるのを微笑ましく見ていたりしますが、ドラゴン討伐となれば、一冒険者というよりアルの所属する赤竜騎士団が動くことになりますので、ドラゴンスレイヤーになるのはほぼ無理です。

　それよりも確実にお金を稼げる依頼を複数受けるのが一番です。それで私は弟と妹とばあやと爺やの暮らしを維持しているのですから。

「同じ……同じ……同じ」

　アルがブツブツと言葉を呟いていますが、どうしたのでしょう？　私が言ったことが気に食わなかったのでしょうか？

「わかった。今までどおり続けてくれていい。ただ条件がある」

「条件ですか？」

　何を言われるのでしょう？　私はアルの碧眼を見つめてドキドキしながら言葉を待ちます。

「あのデュナミス・オルグージョと同じ依頼を受けるな」

金ピカと共闘するなということですわね。元々性格的に相性が悪いので、同じ依頼を受けることはないでしょう。

「そのフードは絶対に外すな」

黒い外套のフードですわね。もともと顔を隠すために被っていますので、人前でフードを外すことはありません。大丈夫です。

「あと、シアの悪口を言った奴の顔は覚えたから後でしばいておく」

……え？　あの私が連行されているのではとコソコソと話していた冒険者たちのことですか？

「アル様。そのようなことは必要ないですよ。冒険者同士で揉めごとが起こらないかと言えば、そうではありませんもの。私はお金を稼ぐために色々依頼を取っていきました。気に食わないと思われるのは当然のこと」

私はアル様の大きな手を握ります。

「ですから、アル様が手を出すことではないのですよ」

その時、扉からノックが聞こえてきました。

「入ってきていい」

アルが入室の許可を出しますと、先程の壮年の男性がカートを押して入って来ました。

そして、無言のままアルが注文した紅茶を白いテーブルの上に置いていき、焼き菓子を置いてすっと後ろに下がり頭を下げていました。所作(しょさ)がとても綺麗な方というのが印象的です。まるで、何処(どこ)かの貴族の方に仕えていたのかと思ってしまうほどです。

「すまないが、ネフリティス侯爵邸に連絡を取って、馬車をここに回してくれるように伝えて欲しい」

「かしこまりました。アルフレッド様」

壮年の男性はそれだけを言って、部屋を出ていきました。あの方はアルのことをアルフレッドと呼びましたわ。ネフリティス侯爵子息ではなくて。もしかしてあの方は……

「アル様。もしかして、あの方はネフリティス侯爵家に仕えている方なのでしょうか？」

するとアルは驚いたように目を見開いて私を見てきました。

「シア。よくわかったな。お祖父様の子飼いだ。今でも前ネフリティス侯爵の権力が健在な理由の一つだ」

「まぁ、そうなのですね。この部屋だけ見たことがあるような内装だと思いましたら、ネフリティス侯爵家のサロンに似た感じだったのですね」

それにこの紅茶の香りはいつもネフリティス侯爵家でいただいている紅茶の香りですもの。

「ネフリティス侯爵邸にいるように落ち着きます。アル様、とても素敵なところに連れて来てくださって、ありがとうございます」

私が出された紅茶を飲もうと手を伸ばせば、腰を引き寄せられ、アルが私を抱きかかえています。あの？　私、紅茶が飲みたいのですが。

「シアが可愛すぎる」

「え？　それは黒髪がいいということでしょうか？」

アルからの突然の言葉に思わず白髪より黒髪の方がいいということなのかと尋ねてしまいました。

「シアはどんな色でも似合う」

ああ、そういう意味だったのですか。確かに黒髪だと雰囲気は少し変わりますね。

「見た目もだが、シアは全部が可愛い」

……いつもですが、アルは言葉が足りないと思うのです。私の全部が可愛いというのはどういうことなのでしょうか？　私には言葉の意味が理解できないです。

「そうなのですか？　容姿のことはよく褒められますが、それ以外は色々言われることがありますわね」

「……容姿って誰に褒められたのだ？」

褒められたと言うよりは、比較するのに使われると言った方が良かったでしょうか？　アルの婚約者だと、令嬢たちのお茶会の席で色々言われるのです。

『顔で誑かしたのでしょう』とか、『顔はよくてもあのガラクシアース伯爵家の者が何故、アルフレッド様の婚約者などに』とか、『見た目しか取り柄がないですものね』とか言われるのです。これは褒められたと言うには語弊がありましたね。

「お茶会の席にいた、ご令嬢の方々ですわね」

「そうか」

はっ！　なんだかいつものように、ただお話をしているだけになってしまっていますわ。

「アル様。今回の依頼の話を教えていただけますか？」

「……シアは道案内をしてくれるだけで、大丈夫だ」

全然大丈夫ではないです。準備を怠って命を落とすのは私たちの方なのですから。

「では冒険者アリシアとして聞きますわ」

「依頼をしたのは赤竜騎士団であるから、必要な物はすべてこちらで用意する」

なんだか、話が平行線になりそうですわ。ここは私が折れた方がいいのでしょうか？

いいえ、備えあれば患いなしですわ。

「アル様。何故教えていただけないのですか？」

私は首を傾げてアルを見上げます。すると、少し考えるように斜め上を見たアルが、その後真剣な目をして私に視線を合わせてきました。

「シア。シアが望むのであれば、愚兄の寝首をかいて、次期侯爵の地位を得てもいい」

……ちょっと待ってください。どこをどうしたらお家問題に発展するのですか？　今は依頼の内容を教えてほしいという話だったはずです。

「フェリシアは権力を望みませんよ」

「はぁ……(ジークフリートと仲がいいとは聞いてなかった。いざとなれば、侯爵爵位ぐらい必要だ。あの兄は婚約者と上手くいっていない。そこをついて……)」

アルがボソボソと呟いていますが、第二王子との仲はよくないと言っているではないですか。それに何故、仲がいいと爵位云々の話になるのですか？　このままだとお家騒動に発展してしまいます。

この思考を止めさせればよろしいのですわね。

私は身動きが取れませんので、少々無作法でも許していただけますよね。風の魔術を使って、焼き菓子を一つ浮かび上がらせます。

それを右手でつまんで、アルに差し出しました。

「アル様。せっかく焼き菓子を用意してくださったのですから、食べませんか？」

私はニコリと笑みを浮かべながら、焼き菓子をアルの口元に持っていきます。するとアルは少し目を細めてパクリと焼き菓子を口に含み、もぐもぐと食べてくれました。あまり表情は変わりませんが、アルがまとう雰囲気が穏やかなものになったと思います。

結局、ネフリティス侯爵家の方が迎えに来るまで、いつものお茶の時間が過ぎていったのでした。

第十三話　コルト

「アルフレッド様。馬車を路地に入ったところに停めております」

扉がノックされて聞き慣れた声が耳に入ってきました。どうやら、アルの侍従が迎えに来てくれたようです。

「コルトか。思ったより早かったな。入って来てくれ」

扉が開きますと、ロマンスグレーの髪を後ろに撫でつけ、ブルーブラックの落ち着いた色合いのスーツを着たアルの侍従が入ってきます。

「はい、このような時間に呼びだされることはありませんので、何かあったのかと急いでまいりました。それに気になる報告も受けましたので」

確かに普通でしたら、今の時間であればアルは赤竜騎士団の本部に詰めていることでしょう。午前中に、それも貴族街ではなく、一般庶民が暮らす地区に来るように言われれば、何かあると思って当然です。

そして、アルの侍従は私の方に視線を向けて、頭を下げてきました。

「これはフェリシア様。今日の装いはいつもと違ってガラクシアアース伯爵夫人を思わせる勇ましさがございますね。とてもお似合いでございます」

相変らずアルの侍従の目は素晴らしいですわ。実はこれはお母様が着なくなったベスト状の鎧と外套を譲り受けたのです。

「ふふふ。コルト、私はまだまだお母様の足元にも及びませんわ。今日もお母様の手の上で転がされてきましたのよ？」

「さようでございますか。その件でアルフレッド様とご一緒にお帰りになったのでございますね。あの者が焦って何事かと思えば、まだまだでございますなぁ」

最後の言葉の意味はわかりませんが、コルトは一人納得しているようです。

「そうだ。その件で少し話したいことがある。取り敢えず馬車に行こう」

そう言ってアルは私を抱えて立ち上がりました。あの……歩けますよ？


私達はカフェに入る前に通った路地まで戻り、そこに待機していたネフリティス侯爵家の馬車に乗り込みました。私とアルが隣同士で腰を下ろし、向かい側にコルトが席につきました。そして、ゆっくりと馬車が動き出します。

「コルト」

「はい、なんでございましょう」

「兄上を排除するにはどうすればいい？」

アルは諦めてはいませんでした！　私は思わずアルの腕を掴んで、首を横に振ります。

「そうですね。ギルフォード様が次期当主として認められている理由は、偏にカルディア公爵令嬢が婚約者であるからでしょう」

シャルロット・カルディア公爵令嬢。彼女は幾度となく私に文句を言ってきた公爵令嬢です。シャルロット様は私より一つ年上なのです。そして、公爵家という家柄であれば、婚約者は直ぐに決まって当然。しかし、シャルロット様の婚約が決まったのは十六歳のときです。

「やはりそこか」

「問題は互いに引くことができないということでございましょう」

そうです。何が問題だったか。彼女はとても我儘だったのです。いくつかお見合いをしましても、アレが嫌だとかコレが嫌だとか本人を目の前にして言うのです。それは相手の方も断るでしょう。そして十六歳になるまで婚約が決まることはありませんでした。ですので、生まれた時に婚約が決められた私に何かとケチを付けて文句を言ってくるのです。

「父上も何故あんな公爵家の口がうるさいだけの女を家に入れようとしたのか」

「あのときは仕方がなかったのでしょう」


あのとき……それは四年前にギルフォード様の婚約者のご令嬢が病で亡くなり、嫡男としての体裁を整えるためにシャルロット様との婚約が成立したのです。

しかしお二人の仲は壊滅的に悪いのです。いいえ、最初はギルフォード様も心を寄せようと努力をしておられましたが、シャルロット様の一言で関係は修復もできないほど亀裂が入ったのです。

『何故。このような年上の者が婚約者なのですの！』

年齢は自分では決めることができませんし、貴族の婚姻では十や二十離れていることはそれほど問題にはなりません。

現在ギルフォード様は御年三十歳。シャルロット様十九歳。何も問題はないはずです。

「兄上もさっさと婚約破棄でも突き付けておけばいいものを」

「ギルフォード様の立場では、それも難しいでしょう」

普通であればギルフォード様が婚約破棄を突き付ければよろしかったのですが、ここで問題になるのがギルフォード様が前妻の子供という立場です。私はよく知りませんが、前妻とネフリティス侯爵様との間に色々あったらしく、強く言えない立場だと言うことです。

「一年後にはお前たちもあの女に頭を下げなければならないんだぞ」

「私めは一生をアルフレッド様に捧げるつもりでありますので、二年後にはアルフレッド様に付いて行くつもりであります」

コルトは他人事のように言っていますが、シャルロット様が二十歳になれば婚姻しネフリティス侯爵夫人になる予定です。その一年後には私は契約通りアルと婚姻し分家という立場になりますので、本家の女夫人に頭を下げなければならないことには変わりありません。

「しかし……そうですなぁ。大旦那様に頭を下げてはいかがでしょうか？」

「コルト。このままお祖父様の屋敷に向かってくれ」

え？　ちょっと待ってください。何か話がとても大きくなっていませんか？　それに私は前ネフリティス侯爵様にお会いできる格好ではありません。

「アル。私を途中で下ろしていただけませんか？　私が突然お訪ねするのも失礼ですが、この格好は色々問題があると思うのです」

「シアは可愛いから大丈夫だ」

アル。それが大丈夫な理由にはなりません。

「フェリシア様であれば、大旦那様はいつでも歓迎してくださるでしょう」

コルトは前ネフリティス侯爵様が歓迎してくれると言ってはくれていますが、私には心の準備というものが、いきなり過ぎてできなさそうですわ。

《コルトSide》

皆様お初にお目にかかります。

アルフレッド・ネフリティス様に仕えております侍従のコルトでございます。普通であれば、私のような初老の者よりも歳が近い侍従を充てがわれるのですが、アルフレッド様ご希望で私めが仕えております。

それはもちろん婚約者であるフェリシア様がおられるからでございます。

お二人は毎週白の曜日に室内デートを繰り返しておられるのですが、我々家人の者はその二人の姿を微笑ましく見守るのが務めであります。なんと言いますか、お二人の時間はゆっくりと流れており、言葉少なく近況の話をしているのです。

アルフレッド様はいつものように、表情が表に出ず、ぶっきらぼうと言っていい感じでありますが、とても機嫌がいいのが見てとれます。それに対しフェリシア様はいつもニコニコと笑みを浮かべ、アルフレッド様の些細な表情の変化も汲み取っていただける素晴らしい方なのです。

時々アルフレッド様はいつもネフリティス家の室内ばかりだと飽きるだろうと、外に行くことをお誘いしていますが、内心はそんなことは一欠片も思っていないことを、私めは知っております。

フェリシア様本人は気にされていないようですが、フェリシア様のお姿はすべての色を排除した白い御髪に透き通るような白い肌。そして、すべてを見通しているかのような煌めく黄金の瞳。その容姿を例えると光の妖精と言われているほど美しいのです。

ということは、フェリシア様が外に行けば人の目を惹きつけてしまうのは必然的。アルフレッド様はそれを少なからずよくは思っておらず、外にお誘いしてはフェリシア様からいつも通りネフリティス侯爵邸の方がいいと言われ、安堵と喜びに打ち震えていることは、このコルトのみが知っています。

そして、私めがアルフレッド様に指名された訳は、年若い者だとフェリシア様に見惚れることがありますので、今も昔も私めがアルフレッド様の侍従を務めているのです。

さて、私めの話はここまでにいたしましょう。

まだ太陽が東に傾いており、そろそろ奥方様のお茶の準備をしなければならない時間に差し掛った頃、ネクタイピンに偽装した魔導通信器が点滅して緊急の連絡が来たことを知らせています。

「何かありましたかね」

通信器を起動し、相手の要件を聞き出します。

『サルス地区のマクルです』

おや？　珍しい人物から連絡が来たものです。カフェのマスターをしている彼ですか。それも何か焦っているようです。

『コルト様。アルフレッド様から迎えの馬車をよこしてほしいと言われたのですが……あの……その……』

アルフレッド様がサルス地区にですか？　珍しいこともありますね。しかし何を言い淀んでいるのでしょうか？

「はっきりと報告しなさい」

『その……アルフレッド様が一般市民と思える女性とご一緒に来店されまして、個室にこもられまして、それも女性の方から迫っているようでした』

とても信じられない言葉が聞こえたのですが、私めも老いましたね。聞き間違えをするなど。

「アルフレッド様が女性とですか？」

『はい。黒髪の冒険者風の女性です』

「その女性と個室に入ったというのですか？」

『はい。ご注文の品をお持ちすると、女性の方からアルフレッド様の手を握って何かを訴えているようでした』

私めの脳裏には先日のお茶の席での光景が浮かびましたが、黒髪の冒険者ですか。

『もしかして、アルフレッド様はお心変わりをされたのでは？』

この者は何を言っているのでしょうか。それは世界がひっくり返っても有り得ないです。

「直ぐに迎えに行きます」

私めはそう言って、直ぐ様準備に取り掛かりました。

フェリシア様が幼い頃から領地の冒険者ギルドに登録して活躍していることは存じております。が、まさかこの王都でもお姿を変えて冒険者をしていたとはネフリティス侯爵家の情報網もまだまだですね。

私めが件のカフェの個室の中で目にした光景は、とても見慣れた光景でございました。

黒髪でもその美しさが変わらず、冒険者の動きやすさを重要視した服装は、少々目のやり場に困るものでございました。そのフェリシア様がアルフレッド様の横でニコニコと笑みを浮かべながら、焼き菓子をアルフレッド様に差し出しているではないですか。

我が家のメイドたちが見れば、澄ました顔をしながら『くふくふ』と声を漏らしている光景でありました。

二人の世界を築いていらっしゃるアルフレッド様とフェリシア様には聞こえないかもしれませんが、

私めの耳にはしっかりと届いておりますよ。

最近、アルフレッド様の機嫌が悪うございましたが、今のアルフレッド様はフェリシア様の横で機嫌がいいようで、私めも一安心でございます。

と思っていましたが、馬車の中でアルフレッド様は今まで一度も口にしなかったことを言われたのです。

兄であるギルフォード様を排除するということは、侯爵の地位を得たいという意志を示されたのです。

これは今日、なにかあったのでございましょう。平民の格好をしていてもフェリシア様の美しさに変わりはありません。白髪のフェリシア様は全体的に色がなく神秘的に儚げな容姿でありますが、そこに黒が加わることで目鼻立ちがはっきりしてフェリシア様の美しさが際立っています。

これは誰かに言い寄られたのでしょうか?

我々仕える者としましては、アルフレッド様が侯爵の地位に立つことを大いに歓迎いたします。

となれば、大旦那様の力が必要になってくるでしょう。

私めが提案させていただきますと、アルフレッド様は二つ返事で了承されましたが、フェリシア様はアルフレッド様が当主に立たれることに反対なのでしょう。先程から青い顔をして首を横に振っています。

フェリシア様。アルフレッド様が当主に立たれたほうが全て丸く収まるのですよ。

大旦那様の滞在されている屋敷に行き、大旦那様とアルフレッド様が話し合っている間。大奥様が黒髪のフェリシア様を気に入られたようで、フェリシア様は大奥様に着せ替え人形にされておりました。

その後大旦那様方と共に昼食を取られ、お二人の仲の良さを大旦那様と大奥様様に見せつけるような微笑ましい光景がありました。

私めには、この光景をずっとお側で見る権利があるのでございます。なぜなら、このコルトはアルフレッド様の侍従であるのですから。

第十四話　それは正しい選択ですか？

「エルディオン。私が居ない数日はネフリティス侯爵家にお世話になりますが、ファスシオン様の言うことを聞くのですよ」

「わかったよ。姉様」

　私はほんわかと笑顔を浮かべている弟のエルディオンの姿を見て不安しかありません。過保護と言ってしまえば過保護なのでしょうが、下手をすると『街に行って自分の代わりにパンを買ってきて』と言われれば、『わかったよ』と答えて一人で街に行って、弟の容姿から攫われてしまう可能性があるのです。これが領地でしたらここまで心配はしないのですが、王都には犯罪がなく平和かと言えば違います。下街に行けば黒竜騎士の姿を見かけない日はないほど、何かしらの問題が起きているのです。

「ふむ。ワシが付いておるので安心して行ってくるとよい」

　昔は金髪だったと思われる白髪の矍鑠とした老人が、胸を張ってエルディオンの頭を撫でています。前ネフリティス侯爵様です。そう、ここは前ネフリティス侯爵様の住まいであり、人の出入りが一番少なく信頼できる方がいる場所なのです。

　これはアルから前ネフリティス侯爵様にお願いしてくれたのです。

「義姉上。私もついていますから、義姉上は怪我なく戻ってくることだけを考えてください」

　この場にファスシオン様がいることに、私は疑問に思っています。この時間にファスシオン様がいるということは、学園を休むつもりだということとです。そこまでしていただくことはないと思うのです。学業は大切だと思います。

「あの……お願いしている立場であるのですが、ここまでしていただくつもりはなく『よいよい』……」

何が良いのでしょう？

「孫が遊びに来ただけのこと。そなたが気にする程ではない」

「ほら、シア行くぞ」

まだ前ネフリティス侯爵が話しているというのに、アルに肩を抱かれ、待機している馬車に乗るように促されました。

でも……まだ……あの……はい、行きます。

弟のエルディオンが心配ですが、ここでは人の悪意にさらされることはないでしょう。エルディオンが変な気を起こして外に出ない限りは。

私は後ろ髪を引かれながら、ネフリティス侯爵家の馬車に乗り込みます。そして、定位置でありますアルの隣に腰を下ろしました。今日も黒髪の冒険者アリシアの姿です。

結局昨日は依頼の詳しい内容を教えてもらうことができず、何があっても対処できるように色々亜空間収納に詰め込んできました。

そして、馬車の中は厚いカーテンを引かれ外が見えないように、なっています。これは私に場所の特定をされないためでしょうか？

元々怪しい依頼だと思っていましたが、増々きな臭くなってきました。

「シア。エルディオンのことは、そこまで心配しなくてもいい。ファスシオンがついているし、お祖父様の屋敷の警備は万全だ」

アルは心配する必要はないと言ってくれます。ただ、人様の家にお世話になっているということが私は引っかかっています。

お世話になっているからと言って、あれを手伝おうとか、これを手伝おうとかするでしょう。

「アル様。エルディオンを侮（あなど）ってはいけません。これで大人しくしてくれているなら、私と妹が揃って王都に来ることもありませんでした。しかし、今言っても仕方がないことですね」

問題は他にもありますが、今日と明日の二日間、妹のクレアにはお茶会の予定が入っています。何故かお茶会に参加することに、意気込んでいるクレアにエルディオンの首根っこを押さえておいて欲しいとはどうしても言えませんでした。

昨日、クレアは右腕を素早く繰り出す練習をしていたのですが、お茶会に必要な動作とは思えなかったです。

私が考え事をしていますと、アルに腰を引き寄せられました。

「シア。ガラクシアース伯爵夫人は三日程だと言っていた。三日後には戻って来れる」

アル、今その情報をくれるのですか？　それは昨日聞きたかった情報ですわ。

「シアはその三日間は怪我をしないように気を配っていればいい。あとフードを深く被って顔はさらさない。俺の側から離れない。ジークフリートとか他の者たちと話をしない」

最後の部分がよくわかりませんわ。ある程度コミュニケーションをとっていないと、いざという時に行動ができません。共に行動するのであれば、信頼関係は必要ですわ。

「お話ぐらい、いいのでは？」

私は斜め上を見上げて首を傾げます。すると更に抱き寄せられ、身体が密着するほどの近さにです。

思わず顔に熱がこもってきました。心臓もドキドキして、肩もギシギシと……ギシギシと痛いです。

え？　昨日に引き続き物理的に噛まれていますか？

「アルフレッド様！」

先程まで空気のように存在感を消していた、コルトが声を上げます。

「フェリシア様がお可愛いのは誰もが認めることですが、フェリシア様の婚約者はアルフレッド様ですので、誰も取っていきませんよ」

コルト、アルは私と第二王子が仲がいいと勘違いしているから、怒っているのですわ。私が可愛いとか、婚約者云々は関係ありませんわ。

「しかしコルト……」

あ、肩が解放されました。戦闘に長けた私たちはこれぐらいの傷は簡単に治りますが、ダンジョンに潜る前に怪我をすることになるとは思いもよりませんでした。

「アルフレッド様。侯爵となることを決められたのであれば、フェリシア様は侯爵夫人となり社交を行っていかねばなりません。お話ぐらいは許容されてはいかがですか？」

コルトの言葉にアルは思ってもいなかったのか『なんだと』と言葉を漏らしています。

アルが侯爵に立てば婚約者である私は必然的に侯爵夫人となることでしょう。しかし、私はガラクシアースですので、最低限の貴族の令嬢としての教養しかありません。

アルは何を思って侯爵になると決めたのかわかりませんが、私はそのようなことは望んでいませんよ。

驚いて固まってしまっているアルの人を食ったような口元を拭います。そんなに驚くことをコルトは言っていませんよ。

そして、目的地に着いたのでしょう。馬車がガタンと揺れ、馬車留めが置かれたようです。ただ、未だにアルは放心状態から回復しておりません。

視線だけをコルトに向ければ、声を出さずに口パクと身振り手振りで私に訴えてきました。え？　それは……私が？

それを行わなければならないのでしょうかという視線を送れば、コルトは深く頷いてきました。

ふーっと息を一つ吐いて落ち着きます。しかし、心臓がドキドキしていることには変わりません。

座席に膝で立って、放心しているアルのキラキラ王子の顔に近づいて、その頬に唇を落とします。

「アル様。到着したようですよ？」

すると、瞬きを何度か繰り返したアルが私に視線を合わせてきました。

「アル様。着きましたよ」

私はニコリと微笑んで首を傾げます。そんな私の腕を引っ張り、アルは私を抱きしめてきました。はぅ！　顔が熱いです！　心臓がドキドキしています！　肋骨がギシギシ言っています……。私はダンジョンに潜る前に命の危機に瀕していました。

「……(まさかこんな落とし穴が……地位を得れば守れると思ったが、更に問題が……しかし今のままだと……)」

ボソボソとアルは言葉を口にしてますが、落とし穴はどこにもありませんでしたよ。

「アルフレッド様。大旦那様を見習えばよろしいのですよ。それから、既に皆様がお待ちですので、行ってらっしゃいませ。私めは三日後にお迎えにまいります」

コルトはそう言って馬車の扉を開きました。そこからはダンジョン特有の湿気の匂いと魔物の何とも言えない匂いが漂ってきました。もしかして、既にダンジョンの中にいるのでしょうか？

「ああ」

アルは一言答えて、私を解放してくれました。そして、私を抱えたまま馬車を降りて行きます。

あの……私は自分で歩きますよ。

外に出ると、連れて来られた場所は仄かな青白い光に満ちた、岩盤に囲まれた巨大な空洞でした。振り返ると外からの光が入ってくる入り口がありますので、地下というよりも、洞窟のように思えます。

青白い光は空中に浮遊しながら発光するとても小さな虫です。それが壁や天井にくっついていたり、空中を浮遊しているのです。

正面には昨日会った第二王子と、あとお二人が臙脂色の隊服を着て背後に控えていました。昨日と比べてかなり人数が減っています。どういうことでしょうか？

その赤竜騎士たちの背後には古代神殿のような真っ白な石の建物が岩に埋まるように造られています。

これがダンジョンなのですか？

「遅かったですね」

銀髪を揺らしながら、こちらに第二王子が近寄ってきました。が、途中で足を止め、私のある一点に視線を留めました。

「怪我をしているようですが？」

第二王子が自分の首元を指して言ってきました。もう傷は塞がっているので、依頼遂行には問題ありません。

「問題ありません」

「ならいいですが……アルフレッド。私を睨むな。では、時間が惜しいので行きましょう」

第二王子は挨拶もそこそこというか、その言葉が私の肩を見て吹き飛んでしまったようです。そして、踵を返し白い建物の奥に行こうと足を向けていました。

私はその背中を見て首を傾げてしまいました。何をしているのでしょう？

アルが私を抱えたまま歩き出そうしましたので、引き止めます。

「アル様。いざというときに動けないのは困りますので、下ろしてください」

「シアは道を示してくれれば、それでいい」

その言葉を昨日も聞きましたが、それでは私が困ります。

「冒険者はその場に立って空気を感じて正しい道を選択して進むのですよ。アル様はこのまま赤竜騎士団団長に付いて行くのですよね。それは正しい選択ですか？」

ここに私を呼んだ理由は何かと、アルに問いました。

「違うのか？」

アルは第二王子の背中を指して言います。正確にはその奥の白い神殿のような建物です。私はニコリと微笑み頷きます。

「ジークフリート団長。そちらではない」

アルは私を下ろしながら、第二王子に声を掛けました。すると、第二王子は振り返りながら驚いたように目を見開いています。

「しかし、ガラクシアース伯爵夫人は入り口を入って真っ直ぐに進むようにと言っていた」

第二王子がお母様の言葉を口にしています。私は既に馬車がいなくなった背後を振り返り、光が漏れる入り口を見て、神殿を見ます。

勘違いが酷いですわ。

「赤竜騎士団団長様。入り口はあちらですよね。神殿に行くには斜めに進まなければなりません。どこがまっすぐなのですか？」

「団長。そもそもダンジョンの入り口が違っていたってことじゃないですか」

「それでは目的地まで、たどり着きません」

赤竜騎士の二人の方が肩をすくめながら言っています。第二王子であり団長という立場の人にトドメのように指摘するとは、赤竜騎士団は仲がよろしいのですね。

「一番初めもジークフリートがこっちだと言って、自ら進んで行っていたな」

アルも冷たい視線を第二王子に向けています。その第二王子はふるふるとしながら、顔を赤くしていました。

「昨日と今日とで団長もかたなし……あ、すみません。口が滑りました」

「お前は黙っておけ」

昨日と今日？　肩書が崩れるほどの何かがありましたか？

しかし、これはとてもおかしなことが起きていると気が付きました。何故、依頼主である第二王子自身がダンジョンの入り口を知らないのでしょう。

「とととと……取り敢えず」

第二王子はとても動揺しているようです。そんな状態でダンジョンに潜っても大丈夫でしょうか？

「本来の入り口はどこです」

私はその言葉に岩の壁の一角を指し示しました。そこは岩の亀裂が入った岩壁があるのみ。しかし、そこからダンジョン特有の湿気の匂いと独特の魔物の匂いが漂ってきます。

「確かに入り口からまっすぐですね」

「確かに」

赤竜騎士の人はウンウンと頷き、第二王子は『まさか』という疑心暗鬼に囚われたような表情をしています。

「シア。行こうか」

アルは何故かごきげんで私の背中を押すのでした。

第十五話　認識の違い

「私が言っておきたいことは一つ。進むペースは私が決めます」

岩の亀裂の前で両手を腰に当てて、私は私より背の高い赤竜騎士団の人たちを見上げます。

その私の言葉にスッと手を上げてきた人がいます。細身の体格ですが、背中に四角い箱のような物を背負い空のような青い髪で片目を隠し、満月のような片目の瞳は戸惑うように私を見てきました。

「申し訳ないのですが、私はこの中身を目的地まで運ばなければなりません。あまり早すぎると付いていけません」

確かに背負っている箱のような物は大きく頑丈な作りだということから、その箱自体の重量もそこそこあるのでしょう。

「わかりました。死ぬ気で付いてきてください」

「え？　ですから、少し考慮というものを」

「貴方、お母様の指南を受けましたよね」

第二王子は人数を減らしてきたということは、この二人は第二王子についていける人物ということです。ならば、お母様からの指導が入っているでしょう。

「……はい」

「死の森の最終試験を生き残れたのであれば、大丈夫です」

すると、箱を背負った赤竜騎士の人は第二王子の元に行き、涙目で訴えています。

「団長。私は死の森で死にかけたので無理そうです」

「レイモンド。結果としては生き残っている。団長命令だ。我々には後がない」

第二王子、後がないとはどういうことでしょうか？　結局私はこのダンジョンに潜る目的を聞いてはいません。

「レイモンド。俺もフォローするから、心を決めろ」

ガタイがよく、箱を背負った騎士より更に背が高い人物です。よく鍛えているようです。その騎士が、箱を背負った騎士の肩を叩き、意志を固めるように言っています。

ですが、背中に背負った大剣が気になりますね。ダンジョンがその大剣を振れるほど広いとは思えないのですが。

「いざとなったら、俺ごと箱を背負って欲しいです」

「それは嫌だ」

思いっきり拒否されています。その言葉に増々項垂れていますね。

「アリシア。何故そこまで急ごうとするのですか？　三日後には戻れますよ」

第二王子のその言葉に、ため息がこぼれます。あの母のことを何も理解していないのですね。

「赤竜騎士団団長様。お母様は日数に付いてどのように言いました？」

「それは……『あら？　ダンジョンの攻略？　そんなもの三日もあれば十分でしてよ』と言われましたね」

お母様の口真似は必要ありませんわ。これはものの考え方の違いですね。

「それは目的地に行くだけの日数なの。皆様の荷物が少ないからおかしいとは思っていたけど、相変らずのお馬鹿な思考をいい加減に直したら？」

「お馬鹿とはまさか私のことを言っているわけではないですよね？」

あらあらあらあら。第二王子以外に誰がいるのでしょう？　お母様の弟子になりたいからと言って、アポイントメントも取らずに、庭から侵入してくる時点で馬鹿ですわ。それも凝りもせずに繰り返すのもお馬鹿ですわ。お母様が嫌がる王命を持ってくるのもお馬鹿ですわ。

「赤竜騎士団団長様以外に誰がいると？」

「やっぱり、仲がいいじゃないか」

……私の斜め上から、背筋が凍るような冷たい声が降ってきました。アル、この状況で仲がいいと思えるのですか？

「アル様。仲はよくありませんよ」

そう言って私はアルの手を握ります。第二王子とは絶対に手を握らないですよ。

「それで、その荷物では六日間は生き抜けないよね。だから、死ぬ気で付いてきてと言った」

ガタイの大きな騎士は空が見えない天井を仰ぎ、箱を背負った騎士は地面に座り込んで頭を抱えており、第二王子は私の言葉に納得していないように、睨み付けてきます。

「何故、目的地までが三日だと言い切れるのです」

「目的を達する。それが我々の一番の考えです。ですから、目的地までが三日なのよ」

ダンジョンの攻略と問われれば、最深部に行くまでにかかる日数を言い、行って戻ってくる日数を言ったわけではないのです。これはガラクシアース伯爵領の特殊な環境が生んだ独特の考え方とも言えます。

「さて、心の準備はできたよね。お母様の修行に耐えられたら大丈夫。短剣だけ持たされてダンジョンの最深部から戻ってこいだとか、スタンピードの魔物の海の中に投げ入れられるとか、パニックルームに三日間閉じ込められることに比べれば、可愛らしいもの」

「自分たちはそんなことはしていない」

「ガラクシアース伯爵夫人の修行は鬼畜だと思いましたが、まだ地獄の修行があったのですね」

「……」

あら？　どうやら修行内容が違ったようです。それなら、少し厳しいかもしれません。

「レイモンド。その荷物をかせ、俺が持っていく。ガリウス、食料を団長と俺たちの分に分けろ。お前たちは詰め所で待機だ」

結局、人数を更に減らして、目的を達成するということのみに重点をおく選択肢を、アルはしたようです。第二王子、それは貴方がしなければならないことですよ。

「アル様。だから私はお聞きしましたよね。今回の依頼内容を。こういうことを防ぐためにも、情報開示は必要なのです」

そして、薄暗いダンジョンの中を足早に進んで行きます。私を先頭にして、その後ろに第二王子、殿はアルです。

「すまない。しかし、俺の一存では」

話をしながらでも進む速度は落とさず、邪魔な障害物は剣で吹き飛ばします。ああ、表現がおかしいですわね。剣で切りつけながら、頭上に飛ばします。飛ばされた肉塊はアルの背後に落とされるように計算しているので、進行の邪魔になることはありません。何れダンジョンに飲み込まれていくことでしょう。

「右側に落とし穴ありますよ……それは馬鹿王子が口止めしたのですか?」

本当にこのダンジョンは何かおかしいです。水妖系の魔物が多いのは、そのダンジョンの特性と言うべきなのでしょう。しかし、道が一つしかないのがおかしいのです。まるで、最深部に導くように。罠がありますが、まるで子供だましのようなものばかり、普通であれば、行く手を阻むように落とし穴があってもいいのですのに、右の端にあって誰が引っかかるというのでしょう。

「言っておきますが、私の指示ではありません。国王陛下の命令です」

国王陛下ですか、お母様が異様に国王陛下を嫌っていますので、もしかして娘の私に嫌がらせでもしようとされたのでしょうか。

「それから私は馬鹿王子という名ではありませんよ」

私の言葉に文句を言ってきましたが、馬鹿王子でいいのではないのでしょうか?

「それで、ここには何があるかいい加減に教えて欲しいのだけど馬鹿王子」

「いやですから。私にはジークフリートという名がありますよ」

「団長と呼ぶように強要したにも関わらず、指揮が取れない団長に名前があったのですか？　馬鹿王子」

「ぐっ……」

第二王子は押し黙ってしまいました。団長となれば、その一言で多くの命を失うこともあるのです。どのようなことがあっても思考を止めるというのは愚かなことです。

「やはり、仲がいいじゃないか」

「アル様。仲はよくありません」

そんなことを言いながら進んで行くと、少し開けたところに出ました。周りを見渡すと、杭を打った跡や、地面をならした痕跡がありますので、ここで休息を取るところなのでしょう。

「休憩しましょう。仮眠を取ったら出発しますよ」

するとと第二王子は崩れるように地面に倒れ込みました。情けないですわね。

私は亜空間収納から一人用のテントを取り出します。これは休憩用に買ったものでしたが、ほとんど使うことはありませんでした。組み立ててあるまま、亜空間収納に仕舞っていましたので、取り出せば使える状態にはなっております。

「どうせこういう物を用意していないと思っていたけれど、馬鹿王子。寝るならここで寝てもらえる？　死体のように転がっていたら踏むよ」

私の悪口に返す元気もないのか、大人しく身体を引きずりながらテントに入っていく第二王子。よくこれで死の森から生きて帰れましたね。

「シア。あれはシアのテントだろう？」

アルが既にテントの中に身を隠してしまった第二王子を睨みながら言ってきました。

「あれは王都の冒険者ギルドで『初心者にはコレが必要だ』リストに乗っていた安物です。使ってみれば雨とか風とかが入ってきたので、使えなかったものです」

これは繕い物もすべきだという教材なのかと思うことにして、放置していたテントです。

そして、私は空間に手を突っ込んで、別の物を引っ張りだします。それは先程より一回り大きなテントですが、見た目は一人用のテントです。

「今はお母様のお下がりを使っています。少しお茶休憩したいと思ったときに重宝しているのですよ」

すでに組み立てられたテントを地面に置き、革でできた入り口をめくりあげれば、木の床が広がっていることが窺い知ることができます。

「このテントの周りでは弱い魔物は寄ってきませんから、ゆっくり休めますよ」

「もしかしてドラゴンの革で作られているのか？」

そうなのです。このテントの布地はドラゴンの革で作られており、弱い魔物はそれだけで近づけないのです。

すると、アルが背負っている箱からゴソゴソという音が聞こえてきました。え？　生き物が入っているのですか？

しかし、聞いても答えてはくれないでしょう。今は休めるときに休むべきです。

「アル様どうぞ入ってください。中は空間拡張が施されているので、休むには十分な広さはありますよ」

私が勧めると、アルは身を屈めて中に入っていきます。その後ろから私は入っていき、入り口を閉じました。

入り口からは木の床の廊下が伸びており、その両側に扉が二つずつあり、突き当りにも扉が存在します。

その突き当りの扉を開くとキッチンとダイニングとリビングが一つの部屋に存在する広い空間が広がっています。これを私が譲り受けたということは、お母様の使用しているテントはもっと機能が充実しているということなのです。

「ここで料理ができるのであれば、携帯食などいらなかったな」

「アル様。だから、教えてくださいと何度も言ったのです。それにダンジョンの中で数日過ごしますのに、テントもお持ちでなくて、どうするつもりだったのですか？」

はっきり言って私のような亜空間収納持ちはほとんど存在しません。これは維持をするのに膨大な魔力を消費するのです。戦う身で荷物を入れるためだけに、膨大な魔力を消費するなど、無駄の極みというものです。でしたら、ポーターを雇うほうが効率的です。

先程の赤竜騎士のお二人もその役目だったと思われます。一人はこのダンジョンの目的地に運ばなければならない物を。もう一人は三日分の食料と水を背負っていたのです。そこにテントが入るという選択肢が無かったのでしょうが、ダンジョンを侮っていると痛い目に遭うのですよ。

「神殿の中には魔物はおらず、巨大迷路のようなところだったから、必要ないと判断した……ようだ」


アルがソファーに腰を下ろしながら、答えてくれましたが、第二王子の指示のようですね。そもそもそこはダンジョンですらなかったのですが。

「そうですか。汚れを落としてから食事にしますので、少し待っていてくださいね」

「ん？　シアが作るのか？」

「料理は毎日作っていますよ」

貧乏貴族は料理人を雇うお金がありませんから、ばあやと妹と三人で作っています。

「それは楽しみだ」

アルの口角がわずかに上がっていますが、ネフリティス侯爵家で食べるような料理は作れませんよ。

そう思いながら私は先程入ってきた扉を開けて戻って行きます。実はこの廊下の左右の扉の一つがシャワールームなのです。そうなのです。キッチンがあるということは、水回りが完備されているのです。四枚の扉の内側は、シャワールームとランドリールームとトイレとに分かれ、最後は食料庫になっているのです。これを作るのにいくらお金をかけたのかはわかりませんが、西へ東へと忙しく移動しているお母様には必要なものだったのでしょう。

本当にダンジョンって嫌ですわ。埃(ほこり)っぽいですし、独特の匂いがありますし、好き好んで潜りたいとは思えませんわ。

第十六話　干渉をするモノ

「美味しい」

「お口にあって良かったですわ」

身なりを整え、髪の色も目の色も元に戻した私を見たアルが、自分もシャワーを浴びたいと言ってきましたので、その間に作った簡単な料理がダイニングテーブルの上に並んでいます。今日はサラダとスープとお肉のハーブ焼きにパンですわ。そして、四人掛けのテーブルに私とアルは向かい合って食事を取っていました。

この料理にはほとんどお金はかけていません。お野菜は農家の方の依頼で畑を荒らす魔土竜駆除で報酬としていただいたものですし、お肉も依頼の途中で見つけた魔鳥を狩ってきたものです。ですから、パンぐらいしかお金をかけていません。

「これを食べたらアル様は休んでくださいね。私は三日ぐらい寝なくても大丈夫ですので」

機嫌よく食事をしているアルに仮眠するように言います。すると、アルは食事の手を止めて私を見てきました。機嫌が急降下していっている気がします。

「シアが休め」

「アル様。私は気が付かなかったのですが、あの中身……」

私は部屋の隅に置かれた箱を指で指します。先程ゴソゴソと音がしていたものです。

「死にかけの何かが入っているのではないのですか？」

私が気付かないほどの微弱な魔力。生きているのが不思議なほどです。

「それならそうと言っていただけなければわかりません。進むスピードも、もう少し考慮しましたよ」

今までアルは背負うモノを気遣いながら進んできてくれたのでしょう。

「部外者である私を信頼できないのは仕方がありません。しかし、冒険者として依頼を受けた上で言うと、この場で受領反故（ほご）を申し出てもおかしくない状況です。これと同じことを以前お母様にしたのであれば、依頼を受けたくないというのもわかります」

国からの依頼だとしても、あまりにも情報開示がされていません。ダンジョンの場所を隠すことも、本来の入り口をカモフラージュするために、それらしい入り口を作っていることも、最深部に持っていくモノが死にかけている何かだということも、何もかもがこの場に来て知ったことです。

もしこれが『黄金の暁』であれば、ダンジョンの入り口に来た時点で断っていたことでしょう。

だからお母様は『冒険者アリシア』に頼むのであれば、その場に『ネフリティス副団長』を連れて行くようにと言った。

アルを置いて引き返すことはできません。

「もう聞きだそうとは思いませんから、アル様は休んでください。『進むペースは私が決めます』、ここに入るときに私が口にした言葉です」

そう言い切ってアルに視線を向けますと……正面にアルの姿がありません。気配を感じて斜め上を見ますと、何とも言えない表情をしたアルが立っていました。いいえ、元から無表情なのですが、今まで見たことがない虚無感に包まれた雰囲気を醸しています。

え？　私が休んで欲しいと言ったのが、そんなに駄目だったのですか？

「俺はシアに捨てられるのか」

……どうしたら、そのような言葉が出てくるのでしょうか？

「アル様。私は身体を休めてほしいと言っただけですわよ？」

「俺のことが嫌いに……」

だから、どうしたらそのような言葉に変換されるのですか？

すると上からポタポタと水が……え？　……泣いている！　私、アルを泣かせてしまったのですか！

わたわたと焦る私に、声もなく涙を落とすアル。

私、アルを泣かすようなことは何も言ってはいませんわよ。これはきちんと説明が必要なのでしょう。

私はアルの頬にハンカチを置いて涙を拭い、腕を引っ張ってソファーに座るように促します。

そして、アルの横に腰を下ろしました。

「アル様。私がアル様を捨てるなどということはありませんよ」

この婚約は何がなんでも、手放すわけにはいきません。お金のために！

逆に私が捨てられることはあるかもしれません。戦うこと以外に何の取り柄もないのですから。

私はアルの手を握ります。

「私はアル様のこと好きですよ？　何か私の言い方が悪かったのでしょうか？」

見上げるとアルの涙は止まったものの、戸惑うような雰囲気を背後に背負っていました。

私が先程言った言葉を思い返してみても、捨てるとか、嫌いだとか、そのような言葉は一つも言ってはいません。

するとアルは懐から一本の短剣を取り出してきました。どうしたのでしょう。

その短剣の鞘を抜いて、そのまま自分の太ももに突き刺し……何をしているのですか！　私が、慌ててその短剣を引き抜こうとすると、その手を逆にアルから握られてしまいました。

「シア。時間が少ししかないから聞いてくれ、俺たちは何も知らない。以前、この儀式に参加した者も知らないのだ。唯一、知っている伯爵夫人は言いたくないの一点張りだった。だから、俺もあの中身は知っているが知らな……」

アルは何かからの力に抗うように、言葉を吐き出したかと思うと、少し斜め上を見上げ、ふぅと息をひと吐きして私を見てきました。

「シアは何も悪くない。シアが作ってくれた食事を食べようか」

たった今、話したことがなかったかのように、アルは食事の続きをしようと言ってきました。そう突然話を変えたのです。これは馬車の中で見た光景と同じです。

私が今回の依頼内容の話をしていると、突然、お家騒動が勃発する言葉を口にしたときと同じです。お母様、娘の私に一言だけでも連絡を入れても良かったのではないのですか？　お陰で色々と問題が発生しているのではないですか。

心の中でお母様に文句を言いながら、私はアルの太ももから短剣を抜き、治癒の魔術を使って傷口を治します。

「シアに怪我を治してもらうのは久しぶりだ。シアの魔力は優しくて気持ちいい」

　確かに昔はよくアルの傷を治していました。アルの剣術の授業に参加して、アルを再起不能にしたり、魔術の授業に参加してアルをボロ雑巾のように地面に転がしたり……アルの怪我は私の所為でしたね。何故か講師の先生方からは上達の速度が上がったと、私が褒められましたけれど。


　それから、私とアルは食事をして、アルは第二王子の様子と外の様子を見てくると言って、部屋を出ていきました。

　ということは、私は怪しい箱と二人きり（？）になったのです。そっと部屋の隅に置かれた箱に近づいていきます。大きさ的には三歳の子供が入りそうな大きさではありません。ここまで近づいても魔力を感じないということは、生命を維持するための魔力すら乏しいということなのでしょう。

　私がその箱に手を伸ばそうとすれば、横からガシリと手首を摑まれました。

「何をしている？」

「アル様、お帰りなさい。第二王子はまだおやすみでしたか？」

「俺は何をしていると聞いている」

　あら？　手首がギリギリと絞められていっていますわ。

「実はこのテントに回復の陣が常備されているのですわ。お母様が作ったものなのです。そこに移動させれば、少しは回復するかと思ったのですが、駄目でしたか？」

「必要ない」

必要ないですか。これはそんなものでは、回復しないということですわね。しかし、なんだかイライラしますわ。

アルの精神に干渉しているコレに。

コレをアルから引き剝がしたいのですが、お母様が何もしなかったということは、無駄だということでしょう。しかし、アルに休んでもらわないと困りますわ。

「アル様。少しだけ仮眠をしましょう」

「寝ずとも何も問題はない」

……箱ごとぶっ壊してもいいのかしら？　しかし、中に何が入っているか不明ですし、目的に何があるのかもわかりませんし、国が管理している何かを破壊して、私が借金を増やすわけにはまいりません。そうですわね。

私はアルを見上げてニコリと笑みを浮かべます。

「では、一緒にお昼寝をしましょう。子供のときのように二人で」

「二人で……」

「はい」

「子供のときのように……」

「はい」

ピリピリしていた雰囲気が和らぎ、アルの口元がフッと緩みました。すると、締め付けられていた手首を引っ張られ、そのまま抱き寄せられました。自分で提案しておきながら、失敗してしまったかもしれません。私の方がドキドキして休めなさそうです。

「シア。寝室はどこだ？」

「ふぉ！　し……寝室ですか？」

寝室と改めて言われると、ドキドキ感が半端ないのです。なんかいけないことをしている気になってしまいます。

「あの……先程話した回復の陣がある部屋はいかがでしょうか？　床にラグが敷いてあってお昼寝にはいいと思いますの」

「ではその部屋は？」

「あちらですわ」


私は部屋の奥にある白い木の扉を指し示しました。すると、そのまま私は抱えられ、回復の陣がある部屋に連れ込まれました。

そこは淡いオレンジの間接照明の光に満たされた一室です。私から言えば物置ほどの広さしかありませんが、回復するための部屋に使うのであれば、十分です。そもそも、野宿をしていて、このようなテントを持っていること自体が贅沢なのでしょう。

アルはふかふかの毛皮のラグの上を進んでいき、クッションが並べられた一角に私を下ろしました。

実は実際にこの部屋を使用するのは今日が初めてなのです。今まで、泊りがけの仕事をすることがありませんでしたので、使う必要がなかったのです。

「あっ」

アルが突然声を上げました。何かを思い出したのでしょうか。すると、私の隣に跪いたアルが私の右腕を持ち上げました。

「シア。すまない。手首が赤くなってしまっている」

あら？　この回復の陣に回復以外の効果があったのでしょうか？　アルが先程の行動を謝ってきました。

「これぐらい問題はないですよ」

「しかし……『アル様』……」

「何も聞きませんから、休みましょう。明日は速度を落として、移動に一日かけましょう。その翌日に万全に体調を整えて、最深部に行ったほうが無難ですね」

するとアルに抱きしめられ、そのままクッションに身を沈めました。

ひゃぁ！　この状況は近すぎます。昨日から距離感がおかしいですわ。

「シア。俺たちも今回のことは国王陛下から命令されて、何も調べなかったわけではない。ただ、箱をダンジョンの最下層まで持っていくだけという命令に、疑問が湧かなかったわけではない」

私がこの状況に身を悶えていますと、アルがポツポツと語り出しました。恐らく今まで、言いたくても言えなかったのでしょう。あの箱の中身の所為で。

「約二十年から三十年周期で行われていることだということまでは突き止めたが、それ以上の情報が何もなかったのだ。綺麗さっぱりと何も出てこなかった、まるで削除されたかのように」

　精神を干渉されて、記憶までも干渉したということでしょうか。なんと恐ろしいモノが箱の中にいるのでしょう。

「二十五年前に、この儀式に参加した人の中でその記憶を維持しているのが、ガラクシアース伯爵夫人だけだった。しかし、そのことを聞こうとすると、『あら？　やっぱりジークに回って来たわね』と言われたのだ。そして、『貴方の剣の師になるように命令されたときから嫌な予感はしていましたが、唯一の希望は死の森を生き抜けたことかしら？　それならば、全力で抵抗しなさい』と言われた」

　アル。お母様の口真似はしなくていいですわ。

　全力で抵抗ということは、精神干渉のことですわね。『死の森』は別名『惑わしの森』とも言われ、全てが正常とは異なる状態にさせられる森です。方向感覚も時間感覚も視覚も嗅覚も全てが、森から発せられる濃厚な魔力によっておかしくなるのです。その森から脱出する条件は自分の魔力で自分自身を守り、森からの干渉を防ぐことのみ。

「ガラクシアース伯爵夫人はこうなる未来を知っていたのだ。だから、シアを巻き込むように言ってきたのだろう。しかし、俺がシアを巻き込むのを拒んだ。シアを危険なことに関わらせたくないと思っていたのに……」

　結局、私を巻き込んだと。ということは箱の中のモノの意志が、ガラクシアースが関わることを望んだということですか。

　ポツポツ語っていたアルは回復の陣の効果が効いてきたのか、そのまま眠ってしまいました。結局、人は眠って回復するのが一番です。

しかし、箱の中身はこのガラクシアースを望んだと。我々、ガラクシアースが何者かと知っていると

いうことでしょうか？

第十七話 バカ王子

数時間後、仮眠を終えた私たちは再びダンジョンの最深部に向かって移動を開始しました。しかし、今日はペースを落とし、普通に歩く速度で進みます。

「少々お尋ねしてもいいですか。ガラクシアース伯爵令嬢」

「馬鹿王子。私は冒険者アリシアです」

今の私が黒髪黒目の冒険者アリシアの姿をしていることが、見てわからないのですかね。まぁ、フードを深く被っているので、私の背後から付いてきている第二王子からはわからないことかもしれませんが。

「はぁ。では冒険者アリシア。今日は昨日と違って進むペースを落としたのは何故ですか？」

最初のため息はどういう意味がこめられているのでしょうか？　しかし、昨日は息が上がるほどのペースでしたから、それは疑問に思うかもしれません。その疑問は第二王子自身か、別のモノの意志かはわかりませんが。

「赤竜騎士団団長様が頼りないからです。先頭を行くわけでもなく、殿(しんがり)を務めているわけでもない、足を進めるだけの人がヘトヘトになって倒れるとは、よく今まで赤竜騎士団団長を務めていられたと思ったからです」

「うぐぅ。最初から思っていますが、その口の悪さは直したほうがいいですよ」

「私の口が悪いのではなく、体力がない赤竜騎士団団長が悪いのです」

噂というものは当てにはできませんね。お母様が剣の師を務めたので、それなりに使えると思っていました。しかし、実際はカスのような体力しかなかったということです。

「言っておきますが、五つある竜騎士団の団長の中で一番実力があるのが私なのですよ」

「え？　皆さんカス以下だと？」

「カス……いや、普通に強いですよ。いい加減に貴女の基準がおかしいことに気が付いて欲しいですね」

私の基準がおかしいですか？　私はちらりと後ろを見て、アルの姿を捉えます。そして、首を捻ってそのまま第二王子に視線を向けました。

「アル様は普通に私に付いて来てくれますよ？」

「そこもおかしいことに、気が付くことも大切ですよ」

何がおかしいのでしょう？　前方に視線を戻して考えても、昔から私が剣でボコボコにアルを負かしても、徐々に耐えられるようになっていましたのに、お母様を師にしておきながら、この二人の差は私には納得できませんわ。

「やっぱり、二人は仲が良すぎるよな」

後ろから、ボソリとアルの声が聞こえてきました。前方から魔物が近づいてくる気配がありましたので、炎の槍（フレアランス）の魔術を放って、アルの側に駆け寄ります。

「アル様。仲はよくないと何度も言っていますよ。バカ王子は母の弟子のくせに、できが悪いという話をしているだけですわ」

「俺にシアとジークフリートの仲を隠していたのにか？」

え？　隠す？　隠してはいませんが、アルがガラクシアースの屋敷に来ることがなかったからであって、もしアルがガラクシアースの屋敷に来ることがあれば、出会っていた可能性はあったでしょう。

まぁ、来られても何もおもてなしができませんから、アルが来ていればとても困っていたでしょう。

「馬鹿王子は母の弟子という関係で、私とアル様の方が仲はいいですよ」

「人のことを馬鹿呼ばわりするのをいい加減にやめていただきたいものですね。それから、バカップルするのであれば、人目がないところで、していただきたいものです」

あ……仕事はきちんとしますよ。私は再び先頭に立ってダンジョンの奥に向かって行きます。

しかし、今まで不思議に思いませんでしたが、第二王子には婚約者の方がいらっしゃいません。お歳はアルと同じ二十三歳です。普通であれば、婚約者の方がいて当然だと思ったのですが……王族のことに口出しすることはできませんので、この話は忘れましょう。

「今日はこのまま進みますよ」

「私の馬鹿呼ばわりのことは無視するのか」

後ろから何か言っていますが、昔から馬鹿なので、馬鹿でいいと思いますわ。

しかし、第二王子の意志を確認しておきたいですわ。

「私は怒っていいと思う」

第二王子が突然何かを言い始めました。二度の小休憩を終え、そろそろ昼食にしようかと、テントを出して昼食を作って出したところで、文句を言ってきたのです。文句があるのでしたら、食べなくていいですわ。

私はアルの隣の席に腰を下ろして、食べ始めます。昼食は少しのお肉と野菜がたくさん入ったスープです。手軽に作れて腹持ちがいいので、屋敷でもよく作ります。父と母が屋敷に来て、他の使用人たちも王都のタウンハウスで過ごす真冬に出す料理です。特に干し肉とクズ野菜しかなかったときにです。

はっ！　まさかこんな庶民が食べるような料理が食べられないと言っているのですか？　こんなダンジョンの中でフルコースは無理ですわよ。

「そこのバカップル。尽く私を無視してくれますね」

「シアの料理に文句を言うヤツは食べなくていい」

アルが不機嫌そうな雰囲気をまとって答えます。そうですわ。食べ物に文句があるのでしたら、食べなくていいです。

「違う！　アルフレッド。私が言いたいことは昨日、人には保存食を食べさせておいて、自分たちだけ温かいものを食べていたことだ！　それに拡張テントなんて申請しても通らないもので快適に過ごしていることにもだ」

相当、お怒りのようですね。言葉遣いが乱れていますよ。

「これはシアの持ち物だ。それに食事もシアが用意してくれたものだ。部外者は出て行って欲しい」

「アルフレッド。私が上官だということをわかって言っているのか？」

しかしここで喧嘩を始めるのですか？　この食事中に？

「食べないのであれば、二人共出て行ってください」

すると二人の睨み合いはピタリと収まり、第二王子は席に付いて、黙々と食べ始めました。

そして、ぽそりと呟く声が聞こえてきました。

「亜空間収納持ちの部下が欲しい」

「ジークフリート。いるぞ」

第二王子の心の声が漏れ聞こえた言葉に、アルが答えます。

「どこに！　そんな魔力持ち、お前以外居ないだろ！」

アルの言葉に思わずダイニングテーブルを叩きながら立ち上がって、アルを睨みつけていますが、また王子らしくない言葉になっていますよ。

「ここに」

「は？」

「俺は亜空間収納を持っている」

はい。アルは私と同じく亜空間収納の魔術を取得していますが、容量は私より小さく物置ほどの大きさだそうです。

「ちょっと待て！　初耳だぞ！」

「それは申告しても使えないからな」

「容積が小さいと言うことか？」

「それもあるが、シアからもらった物を仕舞っているから、他のモノを入れる余裕はない」

正確には私が渡したものを加工したものですわね。私がアルに渡すのは素材ですから。

「アルフレッド！　それは申告するものだ！　それがあれば、武器の運搬も食料の運搬も楽になるだろう！」

「いや、それよりもシアからもらった物の方が大事だ……あ」

アルは何かを思い出したのか、空間に手を入れて、小さな箱を取り出しました。そして小さな木箱を私に差し出してくれます。

「これ、シアに似合うと思うから着けて欲しい」

まぁ、アルが私のために、何かを用意してくれたようですが、プレゼントをされる時期ではありませんわ。誕生日はまだ先ですもの。

受け取った箱を開けますと、虹色の涙型のペンダントがありました。これは私が一週間前にアルに差し上げた魔石ですわ。せっかくアルに渡しましたのに……。

私が戸惑っていますと、アルが箱から虹色のペンダントを取りだして、私の首に掛けてくれました。

「うん。とてもよく似合う」

「フードを被って黒髪の黒目ですが？」

「シアだから似合うのだ」

「ふふふ、ありがとうございます。アル様」

するとアルは空間からもう一つ先程よりも一回り小さい木箱を取りだします。そして、私に差しだしてきました。これは？

「これを俺に着けてほしい」

箱の中を開けると、同じ虹色の魔石で作られたカフスでした。まぁ。それなら喜んで着けさせていただきますわ。

「そこのバカップル。ここですることではないですよね」

第二王子が何か言っていますが、休憩中ですのでいいではないですか。それに今日は昨日ほど進みませんので、急ぐことはありません。

そうして、私とアルはお揃(そろ)いの魔石の装飾を身につけたのでした。


「赤竜騎士団団長様。食後のお茶は別の部屋でいかがですか？」

そう誘いだし、私は紅茶を用意して、回復の陣がある部屋に入っていきます。今は休むという目的ではなく、話し合いをするべくこの部屋を使いますので、明かりは強めに設定します。そうです。第二王子の精神干渉を解いて話し合いをするためです。

「この部屋は変わった力を感じますね」

そう言いながら、第二王子はクッションを背にしてラグの上に腰を下ろしました。

「そうですね。それでジークフリート殿下。精神干渉は受けたままですか？」

「精神干渉……ああ、これが誰も知らないと同じ答えが返ってきた理由ですか。指摘されるまで私自身がおかしいとは思いませんでしたね」

あら？　アルは自力でその干渉を一瞬だけでも解除しましたのに、第二王子は気が付きもしなかったのですか。

そして、私は何故ラグの上ではなく、あぐらをかいたアルの上に座っているのでしょう？

「ジークフリート殿下は今回のことはどこまで国王陛下からお聞きになっているのですか？」

もし、第二王子であるにも関わらず、国王陛下から何も話がされていないとなれば、増々おかしな話になってきます。

「陛下からは何も聞いてはいません」

聞いていない……己の血の繋がった子供にさえ言えないことなのですか？　色々な魔道具で防御されているとお母様がグチグチと文句を言っていましたので、その魔道具さえものともせずに、精神干渉を行ってきているとすれば、箱の中身はかなり厄介な存在となってしまいます。

「ただ、叔父上が病に臥せったと耳にしたすぐ後でしたので、その病を治す何かを手に入れるためだと初めは思ったのです。しかし、調べてみても何も出てこない」

叔父ですか。現国王の王弟は三人存在していますね。

「どの方が臥せっておられるのですか？」

「ギュスターヴ前統括騎士団長閣下ですよ」

その名前は誰もが知る人物の名前でした。ドラゴンスレイヤーを単独でなしたという御仁ですが、まだ四十歳ほどだったはずです。

「そうですか。殿下は箱の中身をご存知ですか？」

「いいえ。最下層の泉の中に箱ごと沈めるようにとしか聞いていませんね」

最下層に泉があるのですか。ではその泉が特別で、神水と言っていいものかもしれません。この回復の陣では駄目だと言われたのですからね。

そして、その泉を守るために入り口がどこかを隠し、ダンジョンの入り口をフェイクするための神殿を作った。それもここ数年ということではなく、もっと昔……そう建国時代から……？

その何かが建国時代から存在するガラクシアース伯爵家が関わることを望んだ。

「結局、バカ王子も何も知らないと」

「その失礼な言い方をやめてもらえないかな？」

「御自分が精神干渉を受けていることに気が付かない者はバカ王子でいいでしょう」

「そんなこと、アルフレッドも気が付いていなかったはずですよ」

「アル様は自力で一瞬だけ干渉から解放されましたよ。どこかのバカ王子とは違います」

「アルフレッドがおかしいことに、そろそろ気が付こうか」

失礼なのは第二王子の方ですわ。アル様は普通ですわ。

すると、後ろからギリギリと絞められてきました。アル、怒りは私ではなく、おかしいと言った第二王子に向けて欲しいですわ。

「ジークフリート。俺は兄上を蹴落として、次期ネフリティス侯爵になることに決めた」

何をここで宣言しているのですか。アル！

「アル様。お家騒動は駄目だと思いますよ。それにネフリティス侯爵様にはまだ報告されていませんよね」

アルが相談したのは前ネフリティス侯爵様であって、現ネフリティス侯爵様ではありません。

「まぁ、前妻の子のギルフォードより、アルフレッドが侯爵に立った方が無難でしょう。しかし、いきなりどうしたのですか？　今まで爵位は望まないと言っていましたが」

「ジークフリート。シアは絶対にやらないからな」

アル。全く第二王子の質問に答えてはいません。それから、締め付け具合がキツくなっているのは気の所為でしょうか？　これは背中の密着度合いにドキドキしているのか、圧迫具合に脈がドキドキしているのか……。

「いや、いらないからな」

「シアはこんなに可愛いのに！」

「見た目はいいかもしれないが、実際に身の丈より倍のスノーウルフを笑いながら片手でねじ伏せている姿を見た者からすれば、王命でも断る」

「その姿を見たかった。雪の中でスノーウルフと戯れているシアの姿を！」

「いや、白と赤しかない世界は戯れていると表現しない」

懐かしい記憶が走馬灯のように巡ってきますね。あのスノーウルフの毛皮はアルに渡すために、傷を付けずに倒したのですわ。他のスノーウルフは一撃で仕留めましたけれど……そろそろ末端に血液が欲しいですわ。手が痺れてきました。

「アル様。そろそろ力を緩めてほしいですわ」

第十八話　絶対に敵わない存在

その日は最終地点にある泉を確認して、一階層上に戻って、数時間の休息後、再びダンジョンの最深部に足を踏み入れたのです。

最深部は仄かに照らす小さないくつもの青い光を反射するように、青い水が波を立てることもなく静かに存在していました。神々しいというよりも、気味が悪いという印象が強いです。

「バカ王子。意識は保っていますか？」

「今のところ大丈夫ですが、耳鳴りが酷いですね。それからジークフリートという名があると言っていますよね」

第二王子は今朝からずっと耳鳴りが酷いと顔をしかめているのです。

「アル様はどうですか？」

「何も問題ない」

逆にアルは無表情で……いつもどおりの表情をしています。

二人には、死の森で生き抜く方法と同じように、外部からの精神干渉を防ぐ魔術を常時発動してもらっています。お母様が言われた『唯一の希望は死の森を生き抜けたことかしら？』という言葉をヒントにしたのです。

ただ、この魔術を常時発動し続けるというのは至難の業（わざ）で、複数の魔術を発動できる者でないと、実用的ではありません。

「この状態で戦闘になった場合、私は戦えないと断言しておきます」

第二王子が堂々と戦えないことを口にしましたが、よくこれで死の森を生き抜けましたね。

「お母様の弟子なら複数の魔術の発動ぐらいできて当然よね」

「ですから、何度も言っていますが、攻撃魔術との併用は強制キャンセルされると言っているではないですか」

「私も何度も言うけど、攻撃と防御と補助を同時展開できないなんて、不便過ぎてどうやって戦い抜くか聞いてみたいよね」

今朝から私と第二王子の魔術への意見は平行線なのです。母に弟子入りをしたというのであれば、精神防御しながらの戦闘をこなすことぐらい、普通にして欲しいですわ。

「それでこれを沈めればいいのだな」

アルが背負っていた怪しい大きな箱を地面に置いて第二王子に聞いています。

「アルフレッド。ちょっと待て。一度、息を整える時間を……」

言っておきますが、ここまで大した距離もないのに、精神防御の魔術を発動しながら歩いてきただけで、息切れを起こすなんて、ありえませんわ。

私は深呼吸している第二王子の横を通り過ぎ、アルの側に近寄っていきます。その足元に立ててある太ももぐらいの高さがある箱を思いっきり蹴り上げました。

「あ――――――！」

第二王子が叫び声を上げる中、怪しく青く光を反射している泉の中央に、水しぶきを立てながら大きな箱が落ちていき、波紋を残しながら水底に沈んでいきました。

私は注意深く泉の中を見ますが、薄暗いのと水深が深いため、水底に何があるのかわかりません。

『我が弱っておるとわかっているのに、酷いヤツだな』

突然、背後から知らない声が聞こえてきました。思わず空間から二本のショートソードを取り出し、声がした方に向けて振り返りざまに一本を投げつけます。

投げつけたショートソードは背後に居た人物の胸に突き刺さり……通り抜けていきました。

『そして、相手が誰かと確認もせずに攻撃してくるとは、無粋であるな』

そう話す人物は剣が胸を通り抜けたにも関わらず平然としています。そうでしょうね。まさか相手がエーテル体とは予想外です。エーテル体とは簡単に言えば霊体です。レイスはこれに分類されますね。

そして、その人物はとても見覚えがありました。銀髪で紫紺の瞳を持ち、美人と言っていい顔つきですが、ガッシリとした筋肉質の体格から男性とわかります。

「馬鹿王子。さっさと成仏してくださいね」

「人を勝手に殺さないでいただきたい。あれは私ではなく、ギュスターヴ前統括騎士団長閣下ですよ」

いつの間にか近くに来ていた第二王子から反論が返ってきました。わかっていますよ。ドラゴンを倒したと凱旋(がいせん)した人物であり、現在は病に臥せっていると言われている王弟ギュスターヴ閣下の姿なのです。もちろん、第二王子より年上なのは見た目でわかります。その姿は背後にある岩肌が見通せるほど透けているので、実体ではありません。

『確かにこの姿はギュスターヴという者の姿だが、今はどうでもいいことだ。それよりも我の次の依代よ。こちらに来るとよい』

そのモノはこちら側に向かって手招きをしてきました。その視線の先には第二王子がいます。

『やはりジークが選ばれたのね』というお母様の言葉が頭をよぎりました。

これはもしかして、とても恐ろしいことが行われようとしていませんか？

私は第二王子を守るように一歩前に出ます。ショートソードを自分の前に水平に構え、何があっても対応できるように。

背後で、第二王子が呻く声と地面に倒れる音がします。もしかして、干渉を強められたのでしょうか？　横目で状態を確認しようとすると、白い物が視界の端に映り込んできました。

「は？」

それが何か認識した瞬間、私はショートソードを王弟ギュスターヴに投げつけます。

『おや？　もう気付かれたのか。残念』

何が残念なのですか！　私は地面を蹴り、背後に回り込み、頭部を狙った回し蹴りに私の白髪が宙を舞います。私の直接攻撃が通用しません。

「これ以上は許さない！」

炎の矢を連続で撃つも、最後の方には相手に届く前に霧散してしまいました。

こんなの……こんなの……あり得ない！

これ以上は私の秘密が……我々、ガラクシアースの秘密がバレてしまう。

殴ろうが蹴ろうが魔術を撃とうが、幽霊には意味がないように、実体がないエーテル体に、攻撃が通じません。

ああ、攻撃魔術すら展開できなくなってしまいました。

「ふっ……うっ……」

涙で視界が滲んできました。お母様が言葉に出すのを嫌がった理由が理解できます。

まさか、私の膨大な魔力を奪われるなんて……。

こんな失態あり得ないです。

レイスに効く聖水も銀の武器も何も通じず、聖魔術の浄化も効かない。そして、私の膨大な魔力を奪っていく目の前のモノはいったい何ですの？

私の魔力が目の前のモノの中に渦を巻くように取り込まれていくのを感じます。

私は使える手段は全て使い果たし、ただ涙が滲んだ目で睨むしかできません。

『気が済んだか？』

目の前のモノはニヤリと笑みを浮かべ、私を見下ろしてきました。なんて卑怯なのでしょう。私の攻撃は一切通らないのに、魔力がドンドン奪われていっています。悔しさのあまり拳を握り込みますと、伸・び・た爪が手のひらに食い込みます。

視界に映る私の髪は既に色を失い、真っ白になっていました。そう、私自身に掛けた変化の魔術が解けてしまっているのです。

『まぁ、これ以上は許してやろう。また二十年から三十年は保ちそうであるな』

許すですって！　私は何を許されなければならないのですか！

私が殺気を向けたと同時に、背後にある泉が爆発しました。薄暗い空洞内に響き渡る轟音。立ち上る水しぶきが重力に従い、雨のように降り注いできます。

思わず振り返りますと、泉の上空に打ち上げられた、木の箱が回転しながら飛んでいっています。

その木の箱が突然、細切れに粉砕し、同じく細切れになった中身と共に再び泉の中に落ちていきました。一瞬だけ中身が見えましたが、中身はどう見てもヒトだったものにしか見えません。

「シアを泣かすヤツは絶対に許さない」

その言葉と共に引き寄せられ、私はアルの腕の中にいました。だ……駄目です。こんなに近寄られると……。

『スゴイね！　あれの代わりに君でもいいよ！』

今度は軽い感じの別の声が聞こえてきました。その声の主の姿を確認すると、先程まで王弟ギュスターヴが立っていたところに、飄々とした雰囲気をまとい長身の細身の体格をした青年が立っていました。それも銀髪に金の瞳を持っています。顔立ちは何処となくガラクシアースを彷彿させる容姿です。

『やっぱり、ネーヴェの血族がかかわると、引き上げられているね。君、本当にいいねぇ〜。君が依代なら百年ぐらい保ちそう。どうかな?』

「断る！」

アルが言葉を投げつけるように返し、銀髪のエーテル体との距離を一気に詰め、剣で斬りつけました。私が何をしても無駄でしたのに、そのエーテル体は剣撃にゆらりと姿を歪め、一歩下がったのです。

いったいどういうことなのでしょう。

『いやー。ここ数百年、この状態で攻撃を当てたヤツはいなかったのに、やっぱり君にしようかなぁ』

それは嫌です！　アルの中身がアレになるのだけは嫌です！

アルは攻撃を続けていますが、アルの攻撃が通ることを知ったエーテル体は、剣撃を避けるように移動していき、入ってきた入り口の方まで、アルに押されています。あの存在は私の魔力を奪ってきましたのに、何故、攻撃をしてこないのでしょう？

「うっ……。ぎもぢ悪い」

背後から地獄で蠢く亡者のような声が聞こえて、視線を向けますと第二王子が四つん這いで項垂れていました。アルが攻撃をしたことにより、第二王子に施されていた精神干渉が解除されたのでしょう。

しかし、そんな第二王子より大事なのはアルのことです。

アルが剣を振るうも器用に避けられ、どちらかと言えば、地面や壁の方に亀裂が入っています。このダンジョン壊れないですよね。

そもそもあのエーテル体は何なのでしょう。

今、わかっていることは人の精神に干渉し、意識の誘導をしていることです。それも複数の者たちに干渉できる存在。

次に今までは王弟ギュスターヴの肉体に入っていた。しかし、病に倒れたという噂から、肉体に不備が起こり、新しい体を求めて、この場所に誘導された。

これが、二十年から三十年周期で行われており、そこには我々ガラクシアースの存在が不可欠。魔力を奪い新たな肉体へその精神を移す存在。

これだけでは、何を目的として新たな肉体を求める存在かわかりません。私達に敵対しているかと言えば、私にもアルにも一切攻撃はしてきません。

箱の中身に意味があるのかと最初は思っていましたが、恐らく背後にある泉に秘密があるのでしょう。

そう思い背後の泉を見ようと振り返りますと、第二王子と目が合いました。第二王子は目を見開き私を見ています。

見られてしまいました。私はフードを更に深く被り、腰までしかない外套で身を隠すべく、しゃがみ込みます。

ここまで魔力が枯渇してしまいますと、私は生命維持と後一つぐらいしか能力を維持できません。ガラクシアースの秘密を守るか、亜空間収納の維持に力を回すか。

そう、我が一族の祖の姿を晒すか、倉庫一棟分の荷物を撒き散らすか。究極の選択です。

「シア。どうした！」

アルの気配を近くに感じました。しかし、これ以上近づかれるのは困ります。私は荷物を散乱させるよりも、姿を晒すことを選択したのです。外套をまとっていれば、ある程度賄えると考えたのですが……近づかれると、どうしてもわかってしまいます。

「アル様、それ以上は近づかないでくださいませ。それよりも、あのよくわからないモノはどうしたのですか?」

「ああ、王族の血が入っていれば、別に誰でも良いと言って、消えてしまった」

え? 消えたのですか? 王族の血など高位貴族であれば、少なからず入っているでしょう。

「それよりもだ。シア、どこか怪我をしたのか?」

「怪我はしておりませんから、近づいてこないでください」

私が近づいてこないでほしいと言っているにも関わらずアルは私の方に向かってきます。

これはどうすればいいのでしょう。このままダンジョンの外まで駆けて逃げますか? しかし、冒険者ギルドで私の行動を先回りされてしまいましたので、魔力が枯渇している今の状態では追いつかれます。


ではどうします?


一．素直に姿を晒す。

二．アルをぶん殴って気絶させる。

三．飛んで逃げる。


ああ、駄目です。どれも解決策には程遠いですわ。

この姿を見られて、嫌われて婚約破棄だと言われてしまったら、私はどうすればいいのでしょう。

「アル様。この醜い姿を見ないでくださいませ」

私は顔をさらさないように、両手で外套のフードの端を掴みます。しかし、その腕すら最早普通の腕ではありません。爪は凶器のように鋭く伸び、白い皮膚には薄っすらと鱗が浮かび上がっています。

「シア。醜いだなんて、誰かに言われたのか？」

アルの機嫌が悪そうな声がすぐ側で聞こえました。

第十九話　嫌われるのが怖かった

「だ……誰にも言われてはいませんわ」

「そうだろう」

そう言って、アルは私の手を握り、私の手をフードから外しました。

「伝説の神竜と同じ、金色の瞳はいつもキラキラして綺麗だ」

確かに我々の祖は、ガラクシアース領で神として祀られている神竜ネーヴェ様です。

「光輝いている肌も綺麗だ」

それは薄っすらと浮き出ている鱗が光を反射しているから、光っているように思えるだけですわ。

「幼かったシアは直ぐに飛んで行ってしまうから、中々捕まえられなくて困った」

ん？

「だが、空を楽しそうに飛んでいるシアが羨ましくもあり、その姿がとても可愛かった」

なななな……なんですって！　既に私はこの姿を幼い頃にアルの前で晒していたのですか！

「だから、シアの姿は醜くはない。それよりも神々しい美しさだ」

アルはそう言って私の顔を隠しているフードを外して、私の顔を窺い見てきます。アルの碧眼の中に映る私の姿は、パッと見た感じでは何も変わりません。しかし、金色の瞳の瞳孔は縦に長く伸び、額からは二本の角が出ています。これは人ならざる者の姿です。そして、今はまだ隠していますが、背中からはドラゴンのような翼が一対生えるのです。

　これが我々ガラクシアースの姿であり、人とは逸脱した力を持つ根源でもあります。妹のクレアが第二王子の足を折りかけたのも、この力があったからです。

「俺はシアのこの姿も、いつもの姿も好きだ」

「アル様～！」

　この姿が好きだという言葉に、私は視界を滲ませながら、アルにしがみつきました。私はこの姿がアルにバレるのが怖かったのです。醜いと恐ろしいと罵られるのが怖かったのです。

「あの存在に私の攻撃が全然通じなくて、もうどうしようかと……ヒックっ……私の魔力がほとんど奪われてしまいまして……ヒックっ……姿が保てなくて……ぅ～」

　私が泣きながら説明していると、アルは私を抱きしめてくれました。私の不安を取り除いてくれるように。

「この姿を見られて……ヒックっ……嫌われるのは嫌でした……アル様があの存在に……ヒックっ……乗っ取られるのも嫌でした……ヒックっ……でも、何も……できなくて……」

「俺がシアを嫌うことは絶対にない。魔力がほとんど奪われたのなら、体もつらいだろう。今は休んだ方がいい」

　アルは私の背中を撫ぜながら、優しく声をかけてくれます。しかし、そこにため息混じりの声が割って入ってきました。

「君たち、私の存在を忘れているだろう」

私より役立たずの第二王子です。私はアルがあの存在の生贄になるのであれば、第二王子をあの存在に投げつけていたでしょう。依代にでもなんでもするといいと。

「忘れてはいない。ジークフリート団長。しかし、今はシアを休ませるのが優先だ」

「そうかもしれないが、先程のギュスターヴ叔父上になりすました存在を逃したのであれば、早急に対策を取らねばならない」

第二王子は簡単に言ってはいますが、あの存在は我々で敵う者ではありません。だから、お母様もあの存在を放置しているのです。前ギュスターヴ統括騎士団長閣下が偽物と知りながら、そのことを口に出すことが無なかったのです。

「ジークフリート団長。あれは無理だ。次元が違うと言っていい存在だ」

確かにエーテル体ではありました。しかし、どこかに本体が存在しているはずです。例えば、目の前の泉の底にとかですね。

魔力を失い他者の魔力から防御する術を失って気が付きました。この泉からは底しれぬ恐怖を湧き立てる存在とそれを抑え込もうとしている存在がいることに。

「しかし、アルフレッド。私がギュスターヴ叔父上の次の依代というのであれば、代わりの存在を探すのではないのか？」

「この儀式はそのための儀式だったのだろう。あの者にとって器は王族の血が入っていればそれでいいという感じだった。ジークフリート、本当にこのことは誰からも聞いてはいなかったのか？　俺は王家が関わっていると思うのだが」

アルの言葉に第二王子は首を横に振ります。

「陛下も兄上も何も教えてはくださらなかった」

「だったら、あの者に対抗する術はない。俺はさっさとシアを休ませる。地上に出るのなら、一人で行ってくれ」

アルは私を抱きかかえながら立ち上がりました。今更気が付いてしまいましたが、私今までアルに抱きついたままでしたわ。は……恥ずかしいです。

「アルフレッド。いつも言っているが、私が団長ということを忘れていないか？」

「いつも言っているが、忘れてはいない。だが、ジークフリートは俺より弱いのは事実だ」

「うぐっ」

胸を押さえながら項垂れる第二王子に背を向けてアルは歩きだしました。放置してよろしいのでしょうか？　まぁ、ここには魔物が近寄っては来ないようですし、第二王子の身に危険が迫ることはないでしょう。

「シア。昨日テントを張ったところまで戻ろう。それでシアのテントに設置してある回復の陣を使えば、直ぐに魔力は回復するだろう？」

「はい」

もしかして、お母様はこれを見越して、回復の陣を設置してくれたのでしょうか。我々はほとんど怪我というものをしません。だから不思議だったのです。なぜ、このようなものをテントに設置したのでしょうと。

一本道しかない帰り道を戻っていますと、誰かが息遣い荒く駆けてくる音が響いてきました。それも背後からではないので、第二王子ではなく、私達の正面から狭い通路に反射して聞こえてきます。

足音がすることから、あのエーテル体の存在ではなく、人工物の金属がカチャカチャと当たる音も混じっていますので、人であることは間違いありません。

「ネフリティス副団長！」

アルの姿を見つけた者が駆け寄ってきます。確かあの人はこのダンジョンの入り口で別れた人です。体格が良いのはわかりますが、背負った大剣はダンジョンで戦うには不利ですよと思った赤竜騎士団の人です。

「副団長！　大変で……」

赤竜騎士の人はアルを見つけて慌てて来たものの、突然足を止めてしまいました。どうしたのでしょう？

「ば……」

ば？

「バケモノ！　副団長！　何を持って……うぐっ」

あ……私……フードを外したままでした。第二王子が何も言わなかったので、自分がどのような姿をしているのか忘れていました。

「ああ？　俺のシアが何だと言った？」

アルの殺気が辺りに満ちていきます。その殺気に赤竜騎士の人は耐えることができずに膝を折り、地面についてしまっています。

「ガリウス。もう一度言ってみろ！　俺のシアが何だと言った」

私は後ろに下ろしていた外套のフードを深く被ります。それから短い長さの外套でなるべく素肌を隠すようにまといます。

「申し……訳……あ……りま……せん」

「何がだ？　何に対して謝っているんだ？」

更に殺気が増した空間で、呼吸もままならないのか、赤竜騎士の人は肩で息をしています。まるで、地上に出て息ができない魚のように喘いでいました。

「アルフレッド。それぐらいにしろ。ガリウスは何かを報告をしに来たのだろう」

背後から第二王子の声が聞こえてきました。流石団長と自称しただけあります。この息苦しい殺気の中でも平然とした表情でこちらに近寄ってきました。あ、肩書きが赤竜騎士団長でしたね。

アルは殺気を収めたものの、地面にうずくまって肩で息をしている赤竜騎士を睨んでいます。

「ガリウス。君たちには待機命令を出したはずですが、どうしたのですか？」

第二王子が部下である赤竜騎士に近寄って、ここまで来た理由を聞き出しました。

「はい……我々は一度、赤竜騎士団本部に戻り、追加の物資を運ぼうとしました」

そうですね。彼らは入り口に入って大きく目立つように作られた神殿の建物に騙されて、そちらがダンジョンだと思い込んでいたのですから、一般的なダンジョンで必要な物資は何も持ってはいませんでした。

「なるべく休憩を取らずに追いつくつもりでしたが、先程突然レイモンドの様子がおかしくなったのです」

あ、もしかしてあの存在はもう一人の赤竜騎士に標的を変えたということですか。

「突然止まって、笑い出したかと思うと、空色だった髪が銀髪に変わり、琥珀色の瞳が金色に光りました」

銀髪はデフォルトだったのですか。いいえ、違いますね。私から奪ったガラクシアースの人ならざる魔力が人体に影響を及ぼしたのでしょう。

「それからレイモンドはニタニタとした普段しない笑い方をして『これから僕がレイモンド・ヴァンアスールだからよろしく』と。そして、もと来た道を戻って行きました」

ヴァンアスールということは、確か件の王弟ギュスターヴ閣下の下の王弟のご子息ですか。第二王子の従兄弟となれば、かなり近い血族ですわね。だから、あの存在は抵抗するアルや第二王子より、何も知らずに近づいてくるヴァンアスール公爵家のご子息に標的を変えたのですね。

「わかった。ガリウス、報告は了承した。しかし、アルフレッドの命令を無視して、ここに来たことには変わりない。あとできっちりと懲罰は受けてもらう」

親切心で機転を利かせたつもりでしたが、公爵家のご子息を生贄にしてしまったのです。これは問題になりますわね。……いいえ、あの存在には関係ないのでしょう。人の精神に干渉するのであれば、人に違和感を持たないようにすることは容易なこと。

今回の赤竜騎士の認識をいじらなかったのは、私達へのメッセージだったのでしょう。依代を手に入れたという意味を込めたメッセージ。

そして私とアルは一晩休んだ後、二日掛けた道のりを数時間で駆け戻りました。途中で第二王子と赤竜騎士の人を追い抜かしたときに、後方から叫び声が聞こえましたが、そんなものは無視です。それよりも、第二王子に私の方が大声で言いたいです。やっぱりアルは普通に私に付いてきているではないですか！　と。お母様に教えを乞うておきながら、そのカスのような体力しかないのは何故なのか！　と。

突然視界が広がり狭い空間から広い空間に出ました。白い外壁の神殿が横目で見ることができますから、入り口の場所まで戻って来れたようです。

「おかえりなさいませ。アルフレッド様。フェリシア様」

声がする方に視線を向けますと、馬車を背後に頭を下げているコルトの姿がありました。

「遅くなってすまない。コルト」

「滅相もございません。私めはアルフレッド様の侍従でありますので、これも仕えるものの務めでございますゆえ。ご無事に戻って来られたお二人をお迎えするのが、私めの役目でございます」

コルトは頭を上げ、馬車の扉を開けてくれます。

「そう言ってくれると助かる。今回は予想外のことが多すぎた」

アルは愚痴を言いながら、私に馬車に乗るように促し、定位置の私の横に腰を下ろしました。

「そうでございますか。ダンジョン探索は危険だとお聞きしますので、ご無事でよろしゅうございました」

コルトはそう言ってくれますが、今回のダンジョン探索は普通ではありませんでした。ダンジョンのランクで言えば、初心者でも攻略可能なチュートリアル仕様と言って良いダンジョンです。しかし、内容はとても濃いものでした。今でも理解できませんから。

馬車がガタンと動きだしたことに私は慌ててコルトに言います。

「コルト。先に冒険者ギルドに寄ってもらえないかしら？　依頼の完了だけはしておきたいのです」

「承知いたしました」

帰りに冒険者ギルドに寄ってもらえるのなら、ありがたいですわ。再度赴くことをしなくていいですもの。

「それでしたら、フェリシア様、これをどうぞ」

コルトは折りたたまれた黒い布を私に差し出してきました。なんでしょう？

「これは？」

「認識阻害が施された外套でございます。『黒衣のアリシア』としては外套から認識されますが、その姿が曖昧に認識されるものでございます」

魔術が施された外套ですか。それも認識阻害となれば、魔物の捕獲依頼とかに重宝します。このような外套は私では手を出すことができない高額商品です。その高額商品を何気ないように差し出してこないでください。受け取ってしまったではないですか。

「コルト。それはいい。デュナミス・オルグージョもシアにちょっかいを掛けなくなるだろう」

金ピカとは元から性格が合わないと言っているではないですか。

アルは私が持っている折りたたまれた外套を取って、私が着ている外套の三つの金具を外していきます。

「アル様。着替えるのであれば、自分で着替えます」

「そう言うが、シアは高額な物は大事に取っておいて身に付けないだろう?」

私がアルの手を押さえれば、的を射る答えが返ってきました。確かに身に付けるのが恐れ多くてつけられないです。

私がアルの言葉に固まっている間に外套が外され、新たな外套がふわりと肩に掛けられました。

まるでベールを掛けられたように軽く肌触りもいいです。しかし生地が薄くて頼りないかといえば、そうではなく、雨風が防げそうなほどしっかりとしています。不思議な生地です。長さも膝丈ほどあり、カバーできる範囲が広がりました。実際に動いてみないとわかりませんが、外套に動きが阻害されないといいのですが。

「コルト。素晴らしいできだ。シアの美しさは俺だけが知っていればいい」

アル。これは貴族の令嬢が冒険者をしていると色々問題になるので、コルトが気を使ってくれただけです。私が美しいとかは全く関係ないですわ。

「あと、一週間の休みを取ったから、帰ったらデートをしよう」

「一週間の休暇ですか？　その……いきなりお休みをもらって大丈夫なのですか？」

赤竜騎士団というのは、多忙だと噂に聞きますが、アルが仕事を休んでも良いのでしょうか？

それにデートですか……外に出かけるのはあまり乗り気になれませんわ。

「大丈夫だ。一週間あれば、少し遠出することもできる。シアに見せたい景色がある。一緒に行かないか？」

私に見せたい景色ですか？

「ぜひ、行きたいですわ」

私はニコリと微笑んで答えます。すると、アルは私を抱き寄せました。

「これは俺の我儘だ。こんなに一緒にいることがなかったから、もっとシアと過ごしたいという俺の我儘だ」

第二十話　あの存在の正体

　西日が王都を赤く染め始めた頃に私は下街の冒険者ギルドに到着しました。夕方となると、依頼を完了させて戻ってくる冒険者たちで混み合っている時間帯です。いつもはこの時間帯をなるべく避けるようにしていたので、悪目立ち（わるめだ）していますわ。


『おい、誰か黒衣のアリシアは連行されたと言っていなかったか？』

『赤竜騎士も手に負えなくて返品されたんじゃないのか？』

『それヤバくないか？』

『というかアレ、鬼人の赤竜騎士の副団長だろ？　見張りにあのクラスをつけていること自体が異常だろう』


　ですから、何故私が悪いことにされているのですか！　ああ、馬車の中は厚いカーテンが引かれていて、景色が見られないことが仇となりました。冒険者ギルドが混む時間帯とわかっていましたら、来ませんでしたわ。

　隣のアルからは不機嫌な気配が漂ってきています。

「アリシアさん。おまたせしました。二階のギルドマスターの部屋に行ってください」

順番待ちをしていますと、顔見知りの受付の女性が声を掛けてくれましたが、私は依頼完了の報告ができて、お金が貰えればそれでいいのですけど。

「ハゲに会う必要があるの？」

「一応、高貴な方からの依頼ですので」

体裁というものが必要ということですか。第二王子からの依頼を受けた冒険者の報告をギルドマスター自ら確認したと。

「わかった」

私が二階の階段に向かって行く横で、アルも付いて来ます。アルには馬車の中で待っていてほしいと言いましたのに、付いていくと言って一緒にここまで来たのです。

あの？　依頼者側が報告に立ち会わなくてもいいと思いますよ。

何度か出入りをしたことがあるギルドマスターの部屋の扉の前に立ちます。軽く拳を作って扉をノックしますと、野太い声が入って来るようにと聞こえた瞬間に扉を開け放ち、腰に手を当てて言い放ちます。

「ちょっと今回の依頼、あの値段じゃ割に合わないのだけど！　このハゲ！」

お母様がこんなはした金では受けないと言った理由を理解した私は、まず値段への不満をぶつけました。

「戻ってきて第一声がそれか……はぁ、普通は依頼内容の完了を言うべきだろう。それからこの頭はスキンヘッドだ」

体格のいいハゲが、書類が山積みになった机に肘を置いて、頭が痛いと言わんばかりに手をハゲ頭に置いています。

「依頼もへったくれもない！　最悪の言葉しか出ない！　このハゲ！　第二王子はバカだったし、依頼を受けるならもう少し人を選べ！　このハゲ！」

「ハゲではないと言っているだろ！　それから、隣の御仁も一緒に行っていたのだろう？　それでも問題があったのか？」

ギルドマスターは赤竜騎士団の副団長がついて行っても問題があったのかと言いたいのでしょう。しかし、それすらも問題だったことは、言うべきでありません。言ってもあの存在から干渉されギルドマスターの記憶の改竄がされれば意味がありません。

「部屋に入ってきて、きちんと説明しろ『黒衣のアリシア』」

ギルドマスターが詳しく説明するように求めてきましたが、説明できることはありません。王家が関わっていることは、口にすべきことでないと、理解はしています。

「すまないが、詳しい説明は行うことができない。依頼を願ったときも説明したが、これは王家からの依頼だ。だから、口外することを『冒険者アリシア』に禁じている」

あら？　私は何も禁じられてはおりませんわ。

「依頼は完了した。それだけがお前たちの知っていいことだ」

「しかしですね……」

「知ることは許されないよ……ふふっ」

アルの最後の言葉に思わず、アルの腕を掴み、顔を窺い見ます。アルが絶対に言わない言葉に含み笑い。嫌な予感がします。

「そんなに睨まなくても一時的だよ。うん、完了。じゃぁね。ネーヴェの子」

なんてことでしょう！　あの存在にアルが乗っ取られました！

「『黒衣のアリシア』。報告ご苦労だった。今回の依頼に対する料金にギルドからも報奨金としていくらか追加しておく」

「は？」

「もう帰っていいぞ」

え？　どういうことですか？

私が首を捻っていると、アルに背中を押され、目の前で扉が閉められてしまいました。

それよりも！

「アル様。大丈夫ですか？　意識は保てていますか？」

「シア。どうした？　もう報告を終えたのなら、戻ろうか」

いつものアル様ですが、さっきは完璧にあの存在でした。私はアルにしがみつきます。

「アル様。あの存在に意識を乗っ取られていた自覚はありますか？」

「なに？」

「さっき一瞬だけアル様じゃない、あの存在が話をしていたのです。今は大丈夫ですか？　どうもないですか？」

アルは考えるように、眉間にシワを寄せて黙ってしまいました。恐らく自覚はなかったのでしょう。

「馬車に戻ろう」

ここでは人の耳や目が多くあるので、話すことができないと判断したのでしょう。私の腰を抱いて、早足で冒険者ギルドの建物の中から出ていきます。

その姿を見た冒険者たちが、また連行されているとか言っていますが、警邏を担うのは黒竜騎士団だと知っていますよね！

《コルト　Ｓｉｄｅ》

脇道に停めた馬車の中で待機しておりますと、アルフレッド様が冒険者ギルドからお戻りになられました。

しかし、お二人の雰囲気がいつもと違っております。いかがなされたのでしょうか？

確かにダンジョンから戻られたときも、アルフレッド様とフェリシア様の様子に変化が見られました。

いいえ、アルフレッド様は基本的にはお変わりはありません。フェリシア様、大好きオーラが溢れておりますから。

変わられたのはフェリシア様の方です。何があっても淑女としての態度を崩されることのないフェリシア様が、アルフレッド様に寄り添うようにお側におられる姿に、私めはダンジョンの中でお二人の関係に何か進展があったと愚考いたしました。

私めがサルス地区にお迎えに行ったときに感じたことは、表面上はニコニコとされているフェリシア様でしたが、どこか不満げでもありました。

その不満はどこから出てくるのかわかりませんが、恐らくアルフレッド様が原因だろうと予想いたしました。ならば、侍従としてアルフレッド様にお仕えする者として、フォローをしなければなりません。

アルフレッド様が『冒険者アリシア』様をお認めになっているということを示さなければなりません。

ガラクシアースの方々が特別なのは存じております。ガラクシアース伯爵領には十三箇所のダンジョンが存在する変わった土地です。そのような土地に住む人々が普通であるはずはありません。

ガラクシアース伯爵夫人の名は国中で知らぬものがいないほど、有名であります。しかし、フェリシア様もガラクシアース伯爵夫人と変わらないほどの力を持っているのも事実です。そのフェリシア様に置いていかれないように、アルフレッド様は努力し続けてきたのです。

フェリシア様のすべてをお認めになっているアルフレッド様が『冒険者アリシア』様を認めないはずはありません。

フェリシア様とアルフレッド様の望みが叶う外套を私めは用意いたしました。そのことに喜んでいただけたことは、アルフレッド様の侍従として当然のことでございますゆえ、礼を言われることではありません。

ダンジョンから戻って来られた雰囲気では、私めが用意した外套は必要なかったかもと思いましたが、冒険者ギルドから戻って来られたお二人の雰囲気から、何か深い問題があると感じました。

「おかえりなさいませ。冒険者ギルドで何かございましたか？」

ただならぬ雰囲気のお二人に話しかけますと、アルフレッド様が重い口を開きました。

「コルト。人の意志を乗っ取る者の話は聞いたことはあるか」

……これはまた恐ろしい言葉がアルフレッド様の口から出てきたものでございます。そうでございますか。アルフレッド様もあの方にお会いになったのでございますか。

「そうでございますな。私めは一度しかお会いしておりませんが、お会いしたことはございます」

「何！　その話を詳しく教えろ！」

お話するのは構いませんが、アルフレッド様の記憶に残るかどうかは、わかりかねます。

「その御方は初代国王様でございます」

「は？」

「え？」

「銀髪に金色の瞳を持ったガラクシアース家に似た容姿をされていたのではないのですか？」

「そ……その通りだ」

お二人にとって予想外の人物だったのでしょう。初代国王様の絵姿は王宮の『神の間』に入らないかぎり見ることができません。大旦那様に付き従って、私めが若き頃に一度入ったきりでございますが、今でもよく覚えております。

「しかし、アルフレッド様。私めが話したところで、アルフレッド様の記憶に残るかは、保証できません」

「それは知っている。だが、シアの記憶には残るだろう？」

そうでございますか。既にない記憶があるということですね。

「初代国王様は今でも存命で、この国を護っておいでです。ただ、何からどのようにという記録は存在していません」

「それは記録が破棄されたということか？」

記録の破棄ですか。どちらかと言えば、もともと作られなかったのではないのでしょうか？

「それはどうでしょうか？　初代国王様の意志が存在しているのであれば、作られなかった可能性の方が高いと私めは愚考します。これは数十年ごとに憑依する肉体を替えるタイミングと魔物の活動が活発になる時期が重なっていることに関係があるのでしょう」

「魔物の活動が活発に？　今のところそのような兆候はないが？」

そこにどのようなカラクリがあるのか存じませんが、これは昔から言われていることでございます。

「アルフレッド様、今回は先日その儀式が行われたのです。魔物が増える時間を考慮すれば、自ずと活動期が導き出されるでしょう」

「そうか、問題は肉体に憑依する儀式の方か。だから、直ぐに憑依する肉体を求めていた。ちょっと待て、コルト。何故お前は記憶している？」

私めとしましては、初代国王様の姿を見て記憶しているアルフレッド様の方に驚いております。あの方は大旦那様の記憶も……いいえ、まだ本当の儀式が済んでいないからでございますか。

「初代国王様がその力を奪われるのは、血族の方々だけだからです。下々の我々は目にも映らない存在でございますゆえ。しかし、逆鱗に触れた者は誰であろうと、容赦はされないと聞き及んでおります。血族でなかろうと、記憶の改竄が行われると」

己の血族に干渉する術とは、その計り知れない力に我々では平伏するしかありません。

「アルフレッド様。私めから言えることは、初代国王様は敵ではございません。すべてはこの国の安寧のために、動いておられます」

「コルト。一つ聞いてもいいかしら？」

フェリシア様がアルフレッド様の腕に抱きついたまま、尋ねてきました。私めもお聞きしたいことがございますね。何がフェリシア様のお心を揺さぶったのでしょうかと。しかし、私めがそのことを口にすることはないでしょう。

「何でございましょう」

「私のお祖母様が亡くなったときの、魔物の活性化も今回のような儀式があった後なのでしょうか？」

その辺りのことは大旦那様の方がご存知のはずですが、その記憶はきっとお持ちではないでしょう。

「私めが知っていることは、神王の儀式でございます。新たな肉体を得た神王が高位貴族を集めて行われるものでございます。その儀式の最中に我々は入ることが許されなかったので、何が行われたかは存じません。私めが知っていることは、この程度のことでございます。お役に立てましたでしょうか？」

「コルト。十分だ」

アルフレッド様は納得をしているように装っておりますが、内心腹立たしいという感じでしょう。フェリシア様はそんなアルフレッド様を心配そうに見ています。

しかし、我々では初代国王様に敵うことはないでしょう。混沌とした時代にこの国を築いた御方です。普通のはずがありません。

「アルフレッド様。気分転換に何処かに寄られてはどうでしょう？　外で夕食を取られるのも、偶(たま)にはいかがでしょうか？」

「そうか。それもいいな。ああ……コルト。急で済まないが、フェリシアと旅行に行く準備をしてくれないか？　一週間の休みを取ったからネフリティス侯爵領に行く」

「かしこまりました」

そうですか。先に領地の方に行って根回しをしようということでございますね。

このコルト。アルフレッド様が侯爵の地位を得るために、全力でお仕えさせていただきます。

第二十一話　魔導式自動車とは

「ふわぁぁぁぁ！」

私は箱型の大きな物の周りをぐるぐる回って眺めます。時どき、王都の中でも見かけることがありますが、このように間近で見たのは初めてです。

「シア。ネフリティス侯爵領までこれで行こうと思うのだが、いいか？」

アルがそのように聞いてきましたが、私に否定する権利はありません。

昨日は結局、アルと一緒にそのまま下街の庶民が利用する食事処で夕食を取りました。コルトが外食を勧めてくださいましたが、私の格好はその辺にいる冒険者の格好なのです。赤竜騎士団の隊服を着たアルであれば貴族が利用するレストランにも入ることは可能ですが、私の姿ですと門前払いされるのが落ちです。

するとコルトが貴族の方が経営する庶民向けのお店を勧めてくださいました。

手広く経営を展開しているウィオラ・マンドスフリカ商会です。それもそのオーナーはマルメリア伯爵令嬢。同じ伯爵令嬢とは思えない程の才能の持ち主なのです。

何度かお茶会でご一緒したことがあります。とても話の馬が合い、討伐した魔物の素材を高額で引き取っていただいたこともあります。

マルメリア伯爵令嬢が経営しているウィオラ・マンドスフリカ商会は昨日夕食をいただいたようなレ

ストランだけでなく、色々な商品を取り扱っています。衣類や装飾品などの身につけるもの、嗜好品や美術品などの貴族のステータスとして必要なもの、日用品や雑貨などの一般庶民受けする品々。多種多様な商品を取り扱っているのです。その中でも一部の方々に好まれている商品があります。それは高額過ぎて普通では手が出せないものです。

その商品の一つが私の目の前にある黒い箱型の物です。

『魔導式自動車』という商品なのです。普通は移動に馬車を使用します。それは騎獣が客車を引くことで移動する手段なのですが、この魔導式自動車というものは客車の部分だけで動くことが出来るのです。何故、こんな箱に丸い車輪が付いただけの物が動くのかは私には理解できませんが、これを開発したマルメリア伯爵令嬢の天才性が窺えるものです。

「アル様。これはどうされたのですか？　魔導式自動車は中々手に入らないとお聞きしました。それにとても高額だとも」

「ああ、これか？　ファルヴァールが王城内で乗り回していたのをジークフリートが取り上げて、俺に管理しろと言ってきた物だ」

……アルの私物でもなく、ネフリティス侯爵家の物でもなく。第三王子であるファルヴァール殿下の私物でした。それもアルは第三王子ですら呼び捨てです。

「アル様。それではこれは第三王子様の私物ということになりますよね」

「ファルヴァールがこれを王城内で乗り回して、色々破壊したから国王陛下の命令で王城内での魔導式自動車の使用が禁止された。対外的には王家から下賜されたことになっているから、俺の私物だ」

そういうことでしたのなら、いいのでしょうか？

「それにこの魔導式自動車であれば、二日あればネフリティス侯爵領に着ける」

「え？　二日で行けるのですか？　ガラクシアース伯爵領には馬車で三日はかかりますのに？」

そうなのです。ガラクシアース伯爵領はネフリティス侯爵領の隣にありますので、三日目の夕刻にカントリーハウスにたどり着くのです。

本当に二日で着けるのですか？

「ああ、騎獣を休ませる必要がないから、その分の時間を削減できる。この魔導式自動車を操縦する者がいれば動くことができるのが、メリットだな」

素晴らしいですわね。私はうきうきとした気持ち半分とモヤモヤとした気持ち半分とを抱きながらアルを見上げます。うきうきという気持ちは勿論、噂の魔導式自動車というものに乗れるという嬉しさからです。モヤモヤという気持ちは弟のエルディオンのことです。

「アル様。やはり出かける前にエルディオンに、もう一度念押しをした方がいいと思うのです」

前ネフリティス侯爵様の邸宅は王都の中心から外れ、貴族が別宅を構える郊外にあり、昨日は戻った時には日が暮れてしまっていたので、訪問を諦めたのです。エルディオンにはあと一週間お世話になるのですから大人しくしているのですよと念押しをしておいた方がいいと思うのです。

「シア。心配することはない。ファスシオンに連絡を取ったが、お祖父様の書庫に入り浸って、本を大人しく読んでいると言っていた」

「それならいいのですが……それから妹のクレアにも言っておかないといけません」

実は昨日はガラクシアースのタウンハウスには戻らず、ネフリティス侯爵邸にお世話になったのです。普段侍女の方に身の回りのお世話をしてもらうことなんてありませんので、何かと慣れないことばかりでした。

「フェリシア様。クレアローズ様には今朝、私めの方から連絡をさせていただきました。クレアローズ様よりお手紙を預かっておりますので、こちらをどうぞ」

コルトがクレアに直接会って説明をしてくれたようです。しかし、いついなくなったのでしょうか？

私が知る限り、朝食の時間から今までアルの背後で控えていたと思うのですが。

私は首を傾げながらコルトから白い封筒を受け取ります。宛名にはクレアの丸い字で《お姉様へ》と書かれています。

封がされていない白い封筒を開け、中から一枚の紙を取り出します。その中身に視線を落としますと……。

《お姉様へ

聞いてください！　私、勝ちました！》

一行目から頭が痛くなるような言葉が書いてあります。お茶会に行って、どうすれば勝ち負けが発生するのでしょう？

《あの金があるだけで偉そうな男爵令嬢の歯向かう気をなくすほど、けちょんけちょんに、言い負かし

てやりましたわ》
クレア。新興貴族であれば、我が家よりお金はあるでしょう。我が家は借金の返済に追われているのですから。
そこは喧嘩する要因にはなりませんよ。
《手も出しましたけど！　やはり、スピードが命ですわ！》
あれですか。右手を素早く繰り出す練習をしていた風景が脳裏によぎります。
《それから、朝早くにネフリティス侯爵家の使いの方がいらして、お姉様が婚前旅行に行くことを連絡してくれました》
……婚前旅行！　これって婚前旅行になるのですか！　思ってもみない言葉が書かれており思わず手紙を落としそうになりました。
《楽しんで行って来てくださいませ。お兄様に何かあれば私が赴くことを言っていますので、お姉様はアルフレッドお義兄様の横でニコニコと笑って、この縁談が破綻しないように全力で努めてください。ガラクシアース家の未来はお姉様の縁談にかかっているのです。まぁ、私が心配することはないでしょうけどね。アルフレッドお義兄様がお姉様を手放すはずはありませんから》
そうですか。エルディオンに何かあればクレアに連絡が行くようになっているのでしたら、ひとまずは安心です。
クレア、わかっていますよ。この縁談はガラクシアース家の存続に関わっていることを。
「コルト。クレアに連絡をしてくれて助かりました。エルディオンに何かあれば、必ずクレアに連絡をお願いします」

「私めは当然のことをしたまでです。大旦那様にはエルディオン様に何かあればクレアローズ様に連絡を入れるように報告をしております。これで、フェリシア様の愁いは晴れたでございましょうか？」

私はコルトの言葉に頷きます。

コルトは私が何も気兼ねすることなく旅行に行けるように気を使ってくれたのですね。それからお礼も言っておかないといけません。

「旅行の間の衣服も用意してくれて助かりました。私はこのように身軽な洋服は冒険者用の服しか持っていませんから」

今の私の装いは水色のワンピースにツバの広い帽子を被っています。旅行となれば動きにくい貴族のドレスは好まれません。しかし、庶民が着る衣服では貴族の体裁が保てませんので、行動がしやすい清楚な服装が求められるのです。残念なことに、私にはそのような衣服は持っていませんので、用意してくれて助かりました。貴族というものは何かと見栄を張る生き物ですから。

庶民の服装でアルの側に立っていましたら、色々噂が流れてしまいます。私が色々言われるのは構わないのですが、アルに迷惑がかかるのは避けなければなりません。

「それは、アルフレッド様が用意したものでございますので、お礼のお言葉はアルフレッド様にお願いします」

あら？　そうでしたの？　てっきり私はコルトが用意してくれた物だと思いましたのに。

「アル様。とても素敵な洋服をありがとうございます」

私は斜め上を見上げ、にこりと微笑みます。すると、アルは光が眩しいのか目を細めて私を見下ろしてきました。

「シアは何を着ても似合う。しかし、今日は天使のように綺麗だ」

「ふふ、私は天使ではありませんよ」

「飛んで行かないように、摑まえておかないといけない」

そう言ってアルは私の肩を抱き寄せてきます。私は飛んでいったりはしませんよ。

「ぐふっ……尊すぎます」

「エリス。声に出ていますよ」

「失礼しました。コルト様」

コルトの側には眼鏡を掛け亜麻色の髪を一つに結った女性が立っています。実はこの旅行にはもう一人同行者がおります。それが侍女のエリスです。

私の身の回りのお世話をしてくれるそうなのですが、私は大抵のことは一人で出来るので必要ないと断ったところ、コルトから『侯爵夫人となれば、必要なことでございます』と言われてしまいました。

しかし、私は侯爵夫人になる予定はありませんよ。

「わかっております。しかし、このお役目の争奪戦を勝ち抜いて、エリスが手に入れたのです。ならば、布教……報告義務というものが発生することを了承してください」

「はぁ。仕事をきちんとするのであれば、私からは言うことはありませんが、その絵をばら撒くことはやめなさい」

「これは布教活動の一環です。コルト様。味方は多い方がいいのではないのですか？」

「……大いに布教しなさい」

「了解いたしました」

普通では聞き取れない小さな声も、私は聞こえてしまいます。二人は真顔でボソボソと話していますが、宗教の話なのでしょうか？　その割には争奪戦とは物騒な言葉が出てきましたわね。

しかし、使用人の話に私が加わることはありません。

「シア。荷物の積み込みが終わったようだ。そろそろ出発をしようか」

「はい。アル様」


私はコルトが開けている扉から魔導式自動車の中に入ります。中に入りますと馬車ほどの空間はありませんが、十分な広さがあり、ソファのような座り心地のよい座席に腰を下ろします。

隣には勿論アルが座り、少し空間が空いて向かい側にコルトと侍女エリスが座り、外から扉が閉められました。

この魔導式自動車は御者席も車内にあるという画期的な仕様で、壁を隔てた向こう側に御者席……確かマルメリア伯爵令嬢は運転席と言っておりましたわね。そこには二人の運転手が乗り込んでいます。長旅のため一人は交代要員だそうです。あと、私が座っている後方には荷物が詰め込めるトランクルームがあり、雨風にさらされても荷物が濡れないそうです。

天才という存在は本当にいるのですね。このような乗り物を考え付いて作り上げるのですから。

魔導式自動車がゆっくりと動き出します。あら？

「揺れないのですね」

思わず口から出てしまいました。いつもは馬車が動き出すときは、ガタンと揺れて、振動がガタガタと続きますのに、空中を飛んでいるように揺れていないです。

「これが魔導式自動車の凄いところだな。それにコレはファルヴァール仕様らしいから、特にその辺りには気を使われているらしい。多少の障害物も常時周りに張ってある結界で吹き飛ぶ仕様だ」

なんだか、恐ろしい言葉が聞こえましたわ。この魔導式自動車に常時結界が展開されているのですか？

確かに一国の王子が魔導式自動車に乗って怪我をしたとなれば、商会の責任にされてしまう可能性がありますもの。多少の周りの被害より王子の身の安全性を取ったのですわね。

しかし、それを逆手に取って第三王子は王城で乗り回してあちらこちらを破壊していたと……バカ王子の弟はアホ王子だったのですか……王家は大丈夫なのでしょうか？

「しかし、遠出するならこの結界は重宝するだろう。魔物が出たと言って足止めされることはないからな」

そのまま魔物の群れに突っ込んでいくということでしょうか？

結界が張ってあるとはいえ、大丈夫なのでしょうかと首を傾げてしまいますわ。

第二十二話　妖精の国の世界樹

ネフリティス侯爵領の道中は何事も問題なく進みました。本当にこの魔導式自動車は凄いですわね。帰省の時に二日目で宿泊する中核都市に、一日で着いてしまったのです。いつもとは違い高級な宿泊施設に泊まり、侍女エリスに世話をされるなんて、なんだか貴族らしい……一応私の肩書は伯爵令嬢ですが。

そして、本当に二日でネフリティス侯爵領にたどり着いたのです。

「あら？　私、ネフリティス侯爵領に来たことありました？」

魔導式自動車から眺める景色に、なんだか既視感を覚える風景があります。あの夏になっても雪が残っている高い山はガラクシアース伯爵領にある山なのです。その山を指しながら誰かが隣で、あっちがガラクシアース領だと言っている記憶と同時に私が見ている景色が脳裏の端に残っています。

「俺が十歳になるまで、よくシアは来ていた」

「あら？　そうでしたの？」

「十歳から俺が王都で住むようになったから、冬しかシアと会えなくなってしまった」

アルが十歳ということは私が五歳になるまで、ネフリティス侯爵領に来ていたということですわね。もしかして、所々に残っている幼い頃のアルとの記憶はネフリティス侯爵領だったのでしょうか？

「コルト。予定していたより早く着いたから、あの場所に向かってくれ」

あの場所ですか？　私に見せたいと言っていたところですよね。

「かしこまりました」

コルトはそう言って背後の壁を叩いて、運転席にいる人と言葉を交わしています。

「私、ネフリティス侯爵領に来たという記憶はないのですが、所々に残っているアル様の記憶はここだったのですね」

「ん？　どんな記憶が残っているのだ？」

どんな記憶がと言われましても、ほとんどが曖昧ですわ。それも断片的です。

「うーん？　そうですわね。断片的過ぎて説明が難しいのですが、木に上った私がアル様を見下ろしているとか、池？　湖？　の上にいる私に向かって対岸でアル様が叫んでいるとか、もふもふに埋もれて昼寝しているところを凄く慌てて起こしてくるアル様とか」

……私は何をしていたのでしょうか？

「懐かしいな。鳥を捕まえたと言ってシアはブンブンと羽蛇（ケツァール）の尻尾を摑んで振り回していたな」

羽蛇（ケツァール）？　それは子供を丸呑みする空を飛ぶ羽毛をまとった蛇ですわね。

「泉は、魚を取ったと水龍を片手で絞め上げていたやつか？」

「そうでございますね。その泉のヌシでしたから、戻していただけるようにお願いをいたしましたね」

水龍は魚ではありませんわね。……それはいくつの時なのでしょうか？　いくらなんでも水龍を魚と間違うことはないと思うのですが。

「最後のやつはシアが飛んで行った後、行方不明になった事件だな。結局ガラクシアース伯爵領との境にある迷いの森のヌシのフェンリルを寝床にしていた。それは慌てもするだろう？」

「あら？　迷いの森のフェンリルの種族はガラクシアースには逆らいませんわよ」

ガラクシアース伯爵領の知性のある魔物は基本的にガラクシアースに牙を向けることはありませんわ。長年ガラクシアースと共生していくためには、必要な防御本能です。

「知らない者からすれば、フェンリルは脅威だ」

「そうかもしれませんね」

確かにガラクシアースでなければ、巨大な白き魔狼は恐ろしいでしょう。私はアルの言葉に微笑みを浮かべ同意を示します。

するとアルは私の肩を抱き寄せました。私は突然の行動にバランスを崩し、アルの胸に倒れ込んでしまいました。

「だから、シアは摑まえておかないといけない」

「ふぇ！」

何が、だからなのですか！　あまりにも突然の行動に心臓がバクバクと高鳴っています。ここ最近のアルの行動がおかしいと思うのは私だけなのでしょうか？

「アルフレッド様。目的地に到着しました」

コルトの声が聞こえ、魔導式自動車の扉が開く音が聞こえました。すると甘い香りが鼻をかすめます。花の甘い香りです。

その存在を確認しようとしても、アルに頭を押さえられているので、私の視界はアルの衣服しか見えないのです。

「あの？　アル様？」

私はアルから解放されないことに、声を掛けます。しかし、アルが動く様子がありません。

「シア、もう少し待ってくれ」

何か準備でもあるのでしょうか？　すると遠くの方からクスクスという笑い声が聞こえてきました。子供のような高い声です。それも複数人いるようですわ。

あら？　楽しそうに歌っている声も聞こえます。不思議な旋律です。ただ、何を歌っているかは言葉が理解できません。

「アルフレッド様。固定化が完了しました」

「わかった」

固定化？　何を固定したのでしょう？

私の中が疑問でいっぱいになった頃にアルに抱えられながら、魔導式自動車を降りました。が、未だに私の頭は押さえられたままです。

「シアに見せたかった景色はこれだ」

そう言ってアルは私の頭から手を離してくれました。私はアルに抱えられたまま顔を上げ、その景色を視界に収めます。

そこは一面の花畑です。地面には白い花が咲き乱れ、上からは桃色の花びらが雪のように降っていま

す。その花びら舞う空間に小さな者たちが飛び、楽しそうに歌い、踊り、この世とは思えない幻想的な風景が広がっていました。

「ここの花畑は妖精の国の入り口だ。だから、これ以上は行くことはできない。見るだけならできる」

何か、頭の奥でチリチリと刺激する記憶があります。あっ……。

「この先に行ったことがありませんか？」

「……思いだしたのか？」

私はアルの言葉と同時に私を抱える腕から飛び立ちます。

「シア！」

アルの声を背後に聞きながら、私は背中に一対の白い翼を生やし白い花畑と桃色の花を咲かせる木の間の空間を飛び、先へ進んで行きます。そうこの木々の間を抜けて行けば見えるはずです。あの約束をした場所が！

木々の間を抜け、開けた視界の先には大きな大樹が存在し、その大きさに圧倒されます。花の甘い香り、妖精の高く歌う声、巨大な大樹。記憶と同じ光景に、ここで間違いないと確信し、その確信が私を更に焦らせます。

飛行高度を更に上げ、大樹の上の方に向かいます。

巨大な大樹。それは青々とした葉を茂らせ、天を突くように伸びた大きな木。妖精の国にしか存在しないという世界樹です。世界を支える樹だと言われていますが、それを物語る大きさです。

その巨大な幹の途中に白い花が咲いているように見えるところがあります。私はそこを目指し、更に飛行する速度を上げました。ああ、何故私は今まで忘れていたのでしょう。こんな大切な約束を。

近づけばその白い花のようなものは、人だということが認識できます。樹の幹から人の上半身が生えているのです。

私はその人物の前で空中浮遊します。

「お祖母様」

私はその人物に語りかけます。

長く伸びた白髪の隙間から金色の目が開きました。そうです。このような状態になっても生きているのです。

「あら？　誰かしら？」

髪の隙間から二十歳中頃だと思われるガラクシアース特有の整った容姿が見え、その人物は微笑みを浮かべています。自分は幹に囚われているというのに、笑っているのです。

「孫のフェリシアですわ」

「あら？　その子は確か小さな子供だったわ」

「あれから私が十八歳になる月日が流れています」

「そうなのね。外の世界は時の流れが早いのね」

妖精の国の時の流れはゆっくりなのでしょう。そもそも時間という概念がないのかもしれません。

「私、今までお祖母様との約束を忘れていました。いつか私がそこから助けだしてあげると、約束しましたのに……」

「小さな貴女では忘れても仕方がないわ。それに私は納得して、この世界樹の一部になったのですもの」

「納得ですか」

「そう、我々ガラクシアースの存在意義ですよ」

「それはお祖父様では駄目だったのですか？」

「以前も小さな貴女に言われたわね」

以前、ここに来た私は同じことをお祖母様に言ったようです。幼い頃の記憶は断片過ぎて曖昧ですわ。

「でも駄目な理由は今の貴女であれば、理解しているのでしょ？」

理解しておりますわ。ですが、お祖父様の散財がなければ、私たちがここまで苦労しなくてもよかったはずだと思うと、この憤りをぶつけてもいいと思うのです。

「この世界樹は暗黒竜の残滓によって、瀕死の状態にまでなったのです。それは私の自由よりも、この世界を支える世界樹を生かすことを選択するでしょ？　世界樹が枯れればこの世界は崩壊するでしょう。ですから、私の命を喰らい世界樹は元の状態にまで復活したのです。私自身は満足していますよ」

暗黒竜の残滓？　それはなんですの？　聞いたことがない言葉が出てきました。

お祖母様は世界樹を生かすためにその身を捧げたことに満足していると言っていますが、それはガラクシアースの役目を果たして満足しているということなのでしょう。

「時間を掛けて私は世界樹に取り込まれるでしょう。ですから、もうここには来てはなりませんよ。ほら、前と同じように迎えに来ていますよ。フェリシア、外の世界に帰りなさい」

私はお祖母様の言葉に視線を下に向けますと、この巨大な幹を駆け上ってくるアルの姿が見えます。

え？　もう追いつかれたのですか？

アル。早すぎると思います。

「あっ！」

私はあること思い出し、亜空間収納に手を入れて、一つの物を取りだします。

「お祖父様が大切にしていた遺品です」

死期を悟ったお祖父様がこの手帳を私に託してくれたのです。しかしながら、死に際であったお祖父様は私の手をミシミシと音がする程握って、おっしゃったのです。『絶対に中身を見てはならない』と。『絶対に届けるのだ』と。私はお祖父様が何を言いたいのかさっぱりわかりませんでしたが、にこにこと笑って『わかりました』と返答をしました。

恐らく幼い私がお祖父様にお祖母様の話をしたのでしょう。しかし、物心がつくとすっかり、お祖母様のことを私は忘れてしまっていたのです。

「手帳？　こんな手帳は見たことがないわね」

え？　もしかして違ったのですか？

私が差し出した手帳をお祖母様は不可解な物を手に取るように、外装をジロジロと眺めながら受け取りました。

そして、手帳の中身をパラパラと読む表情は眉間にシワを寄せています。もしかして、私の思い違いだったのですか？

「馬鹿ね。死んだことになっている私への手紙だなんて……どうやって、渡すつもりだったの」

　そう呟いたお祖母様の頬には幾重にも涙が流れています。

「それも謝ってばかり、私は納得していると言いましたのに、本当に馬鹿ね」

　手帳の中身はお祖父様がお祖母様に宛てて書いた手紙だったようですが、手帳といってもかなり分厚いです。それいっぱいに、手紙が書かれているのですか？

「フェリシア。ありがとう。本当は凄く後悔していたのです。ガラクシアースとしての使命だと、自分に言い聞かせていましたが、本当は孫に囲まれて生きたかったわ。でも、この手紙があれば、この先も私の心は満たされる。届けてくれてありがとう」

　人として幸せに生きることを諦め、ガラクシアースとして生きることを選んだお祖母様はこの世で一番美しく、幸せに満ちた笑顔を浮かべています。

「そこの君。孫を連れてここから去りなさい。以前も言いましたが、孫を幸せにしてほしいわ。それが私の心からの願い」

「言われなくても、そうする」

　いつの間にかアルが直ぐ側まで来ていました。気が付きませんでしたわ。

「ふふっ、それから世界樹の葉をいくつか持って帰っていいわよ。これは私からのお礼」

　そう言ってお祖母様は手帳を大事に抱え込みます。

「シア。帰るぞ」

　アルは木の枝を掴みながら、右手を私に向かって手を差しだしてきましたが、私はそのまま飛んで帰りますよ。……駄目ですか。

私が左手を差しだしますと、力強く引き寄せられ、アルに抱えられました。そして、アルは左手で掴んでいた世界樹の枝を折ってそのまま地上に向かって、落下しています。

あっ……確かにお祖母様は世界樹の葉を持って帰っていいと言いましたが、枝ごととは言ってはいませんよ。

アルの背中越しに見るお祖母様の姿はだんだん小さくなっていきますが、今度はその姿を忘れないと心に誓いました。

世界はお祖母様の命によって護られていると。

ああ、そういうことだったのですか。前ネフリティス侯爵様が私たちガラクシアースを支援してくれているのは、お祖母様がその身を犠牲にして世界を支える世界樹を生かしているからだったのですか。正当な理由があったのですね。しかし、ネフリティス侯爵領に妖精の国に繋がる入り口があると知られれば、それを悪用する者も出てくるため、口外することはできなかった。

しかし、アルは地上にどうやって着地をするのでしょうか？　白い花の香りが辺りに満ちてきました。地面が近いのでしょう。

私は内心ドキドキしながら、衝撃に対して構えていますと、ふわりと一瞬浮いたかと思うと、そのままアルは地面を駆けていきます。

これは私たちが翼に無重力の魔力をまとうように、足場に無重力の魔術を発現させたということなのでしょうか。

「あの……アル様？」

先程から無言のアルに声を掛けていますが、無視されています。私が飛び出してしまったために、怒っているのでしょうか？

「ごめんなさい。アル様。私ここに来てお祖母様と約束をしていたことを思い出して、思わず飛び出してしまったのです。ごめんなさい」

すると、アルは突然立ち止まって、抱えている私に視線を向けてきました。

「シアは摑まえていても、いつも直ぐにどこかに行ってしまう」

「えっと、いつも直ぐに何処かに行ってはないと思いますよ」

毎回何処かに飛んでいくようなことはないです。それに妖精の国であれば、人目がないので翼を出しましたが、よっぽどではない限り普段は出しませんよ。

……あ、今思いますと、翼が生えた背中の部分の服を破いてしまいました。これは由々しき事態。

「俺はいつもシアに追いつくのに必死だ」

「今回は待っていただければ、戻りましたわ」

アルの機嫌が悪いのも気になりますが、背中が破れていると気が付いた今は、その背中の方が気になってきました。何か背中に隙間風が入ってきているような？

「そうやってシアはいつも……」

いつも？　なんですか……うっ！　肩がギシギシと痛みます。また、噛まれていますぅぅぅ！

白い花畑の幻想的な風景の中で流血事件が発生です。
私は食べても美味しくはないですよぉぉぉ！
私の心の叫びは、舞い散る花びらと共に風に紛れていったのでした。

私はワタワタと食べても美味しくはないことをアピールして、なんとか食べられることを避けられました。その時のアルは珍しく眉を寄せて、不機嫌な表情だったのですが、私を食べても美味しくはないですよ。

その後、アルに抱えられたまま妖精の国の入り口までもどり、再び魔導式自動車に乗り込んだのです。

第二十三話
甘いお茶の裏側に垣間見える闇

魔導式自動車に乗ったときに、コルトからストールを渡され、私の失態を隠すことができました。

時どき、人目がないときに冒険者アリシアでは翼を出すことがあるのです。革のベストは翼を出しても問題ない作りでありましたし、腰までの外套があれば、多少衣服に乱れがあっても外見上わかりません。いつもの感覚で翼を出してしまったのが、私の落ち度です。

侍女エリスはそんな私を眼鏡越しにキラキラした目で見てきます。どうしたのでしょうか？

「フェリシア様は天使様だったのですね」

違いますから。私の翼は宗教画に描かれている鳥のような翼ではありません。

「そうだ。俺のフェリシアは天使だ」

アル。違いますわ。

「はい！　とてもお美しかったです！」

侍女エリス。貴女の眼鏡が曇っているのではないのかしら？　私のあの姿を見て『美しい』とは、おかしいと思うのですが？

「妖精たちが歌い踊る中、真っ白な翼を大きくはためかせて、飛び立つ姿。舞い散る花びらさえもフェリシア様の美しさを引き立てる一要素でしかなく、白く輝くお姿はまさに楽園で舞い踊る天使様！」

興奮しながら言っている侍女エリスの姿を見て確信しました。これは彼女の眼鏡が曇っていると。

私は光り輝いてはいませんわ。

「もう私の手が止まりませんでした」

侍女エリスはいつも持っている手帳を胸に抱きしめながら言っています。いつも彼女は何かとメモを取っている姿を見ましたので、勤勉な人だと思っていたのです。今回の旅でもその手帳に何かをメモっているようでしたが、隣に座っているコルトが呆れた目をしておりましたのが気になります。

あの大事そうに抱えた手帳には何が記入されているのでしょうか？　彼女の言動から少々不安になってきました。

「エリス。控えなさい」

「申し訳ありません。コルト様。興奮を抑えるには少々時間がかかりそうです」

コルトの言葉に侍女エリスは時間がかかると言いながらも、手帳を開いて何かを書き出しました。本当に何を書いているのでしょう？

横目で手帳を覗き見るコルトの呆れた表情から予想しますと、碌(ろく)でもないことのような気がします。

「シア」

「はい。なんですか？　アル様」

私が侍女エリスの行動に気を取られていますと、アルが抱き寄せながら声をかけてきました。

「あの妖精の国をシアに見て欲しかったのは、風景もそうだが人の姿かたちをしていなくても美しい存在はいることを知って欲しかったからだ」

あっ……私が私自身の姿が醜いと言ったので、アルは人とは違う姿の妖精の姿を見せたかったのですか。手のひらに乗る程の小さな身体であり、肌の色も若干緑がかり植物からできた衣服をまとい、背には一対の透明な羽を持つ妖精族は美しいというより可愛らしいという感じでした。

確かに妖精族は醜くはないでしょう。

「それにシアは覚えていないと思ったが、ネフリティス侯爵家には気を使わなくていいと知って欲しかった。先代のガラクシアース伯爵夫人は我々にとっても、この世界にとっても命の恩人だ。世界樹が倒れればこの世界は崩壊する。頭を下げるべきは我々の方だ」

私が、なにかとエルディオンのことでお世話になっていることに、ネフリティス侯爵家に対して引け目を感じてきたことを言っているのでしょう。しかし、エルディオンのことは別問題ではないのでしょうか？　あの弟の行動にファスシオン様まで付き合ってくださっているのです。

「あと、もしシアが思い出して世界樹の元に行きたいと言ってくれれば、一緒に行った。それぐらいの時間はとれるようにしていた」

はい。私が勝手に行動したことに対しての文句ですわね。

「はぁ、流石にシアに飛ばれると追いつかないか」

アルはそう言って私を抱きしめてきます。あの？　ちょっと距離感がおかしくはないでしょうか？　顔が熱くなってきます。私は距離感を保つために、アルの胸板に手を置いて身体を起こします。

「あ……アル様。勝手な行動をしてごめんなさい。あと、妖精の国に連れて行ってくださってありがとうございます。とても幻想的な風景でした。それに妖精を初めてみたのですが、とてもかわいらしかったですわ」

「シアは謝らなくていい。シアが飛んで行かないように抱えていたのに、翼を広げたシアに目を奪われてしまった俺が悪いのだ」

……何かおかしなことを言われたような気がしますが、近くから『きゃー！　興奮がとまらない……鼻血が……』『黙りなさい。エリス』という声が被さり、上手く聞き取れませんでした。きっと気の所為でしょう。


「アルフレッド様。フェリシア様。到着しました」

魔導式自動車の走る速度がゆっくりとなったのか、外を流れる景色もゆっくりと後方に流れていきます。既にネフリティス侯爵邸の敷地内に入っているのでしょうか？　夕日の赤い光に照らされる整えられた木々や草花が視界に映ります。

「ああ。コルト。本家にはどう伝えている？」

「今、本家は私めの孫が執事として仕切っておりますので、丁重にお迎えするように伝えております」

今は領地の方はコルトの孫の方が仕切っているのですか。そうですわね。ネフリティス侯爵家の方々は皆様、王都にいらっしゃるのですから。

ネフリティス侯爵様は王城で財務を担っているとお聞きしますし、ご長男のギルフォード様は一年後にはカルディア公爵令嬢との婚姻が控えていますし、嫡男としても人脈の構築のために王都にいることが望ましいでしょう。

アルは赤竜騎士団に勤めていますし、三男のファスシオン様は学園に通っていますので、今は領地の方には住まわれていないということです。

「あと、わかっていると思うが……」

「はい、全てこのコルトにお任せください」

「では、頼んだぞ」

「お任せください」

何かお二人の中で決められたようです。私にはさっぱりわかりませんが。


魔導式自動車が止まり、扉が外から開かれました。先にコルトと侍女エリスが降り、その後にアルが降りて、私はアルの差し出された手を取って地面に降り立ちました。

「「「おかえりなさいませ。アルフレッド様」」」

端が見えない程の大きな建物の玄関前にずらりと並んだ使用人の方々が頭を下げて出迎えてくださいます。思わず足が下がってしまいました。

王都のネフリティス侯爵邸はこのように出迎えてくれることはありませんでしたので、顔が引きつってしまいます。

恐らくアルが出迎えをしなくていいと言ってくれていたのでしょう。何度かカルディア公爵令嬢を送り出しているネフリティス侯爵邸の方々をお見かけしたことがありましたが、どこに今までこのような人数がいたのでしょうと思うぐらいの人の数でお見送りをしていました。それと比べると少ない方ですが、引きつった笑みが浮かんでしまいます。

「おかえりなさいませ、アルフレッド様。ようこそお越しくださいました。ガラクシアース伯爵令嬢様」

どこかコルトに似た雰囲気をまとい、黒髪を後ろに撫でつけた三十歳ぐらいの男性が一歩前に出て出迎えてくれます。お若いのに執事を任されるとは、優秀な方なのでしょう。

「ああ。基本的に用件があるときはコルトを通じて言ってくれ」

「かしこまりました」

そう言って黒髪の男性は頭を下げてくださいますが、これはどういうことなのでしょう？　アルはこの屋敷を仕切っている方と直接話をしないと言っているように聞こえます。信用していないということでしょうか？

そうして侍女エリスではない赤い髪の女性に案内されて連れて来られた部屋は、アンティークの家具に囲まれた客室でした。アンティークと言えば聞こえはいいですが、随分古いという印象を受けます。

姿見も磨かれていないのか、くすんでいます。長椅子に腰を下ろしますと、ホコリは立たないものの『ギシッ』と音を立てて軋みました。

侍女エリスはどこに行ってしまったのでしょう？　勝手の分からないところに放置されると、どうしていいかわからないので、困ってしまいます。


……

……


おかしいですわ。ここに着いてから一時間は経ったはずですが、誰も来てくれません。もしかして、私は歓迎されていなかったりします？　私が忘れている記憶の中で何かやらかしてしまって……私は思わず頭を抱え込みます。

アルから聞いた話では子どもの時代に散々やらかしていたそうです。はぁ、やはり子供だといっても人ならざるモノの姿をしていれば、受け入れがたいですわね。

仕方がありません。冒険者の依頼の途中で休憩するときに使うお茶セットを取り出します。

ポット型の湯沸かし器の赤い丸いスイッチを押すと水がポット内で生成され、お湯が沸くという便利な湯沸かし器を取り出します。これも天才マルメリア伯爵令嬢が開発したウィオラ・マンドスフリカ商会の商品です。

とても便利な物ですのに低価格で手に入れられるのです。なんでも便利な物は沢山の人に使って欲しいというマルメリア伯爵令嬢の考えだそうです。天才の上に人々のことを考える想いに、私はとても感動しました。

その湯沸かし器からお湯を注ぎ、お茶を淹れます。程よい時間が経ったころに、カップに注ぎ、紅茶を一口飲みます。思わず、ふぅとため息がこぼれました。

これはこれでいいですわ。周りに人がいると落ち着きませんので、気が楽です。それから、遠くの方から聞こえている何かを破壊する音が近づいてきているのは、気の所為だと思いたいですわ。

この花茶はとても甘くて美味しいです。隣国産の茶葉を少し分けていただいたのです。一月前に隣国の商人の御婦人からの依頼を受けたことがありまして、そこでいただいた紅茶を褒めたら、一缶くださったのです。この国で隣国産の花茶を広めたいと言われていましたね。

ふふふ、アヴェネキア帝国の皇帝の犬が、入り込もうとしているのですか。外側から仕掛けても難しいとわかると内側から切り崩そうというのでしょう。

我が国を舐めていますわね。

「シア！　無事か！」

部屋の扉が破壊音と共に破片を撒き散らしながら後方に飛んでいき、壁に突き刺さる音が室内に響き渡ります。

「アル様。どうされましたか？」

私は肩で息をしているアルに向かってニコリと微笑みます。

「シア。すまない。予想外の問題があった」

「まぁ。アル様、私はこの部屋でくつろいでいただけですわ。何も謝ることはありませんのよ？」

「……シア。その紅茶は誰に出されたものだ？」

あら？　気が付かれたのですか。

「これは、私の私物ですわ。時間がありましたので、紅茶を楽しんでいたのです」

「紅茶？　なんだ？　その鼻が曲がりそうなほど臭うモノは」

やはりそう思いますわね。匂いが少々キツすぎますわね。

「精神的緩和と痩せる効果があると言って売り出すものだった紅茶ですわ」

「誰がだ？」

「皇帝の犬ですわ」

するとアルは私の手からティーカップを奪い取り、一口飲みます。それも凄く眉間にシワが寄っています。

「蓄積型の神経毒に内蔵不全を引き起こす毒か……シア。何ていうものを飲んでいる」

「あら？　私にはこの程度の毒は効きませんわ。何とも言えない甘みがいいと思っていますの」

私はニコリと笑みを浮かべます。砂糖は貴重で甘いものは中々食べることができません。ですので、お菓子の代わりにこのお茶を飲みます。普通の人でもこれぐらいの毒は一度飲んだぐらいでは何も影響はないでしょう。

蓄積型の毒でしょうが、ガラクシアースの身では直ぐに解毒してしまいます。

「シアが甘いものを好きなのは知っている。だが、甘いからといって毒は飲むな。お菓子が食べたいのなら用意をさせるから、残りの茶葉を全部出せ」

え？　仕事中の一時の癒やしを奪われるのですか？

はぁ、仕方がありません。渋々茶葉の入った缶をアルに渡します。

「それで、その帝国の犬はどうしたのだ？」

「ああ、それは帰国途中で魔物に襲われたのではないのでしょうか？」

「そうか。魔物に襲われたというなら仕方がない。運がなかったということだな」

ええ、私はガラクシアースです。ガラクシアースとしてこの国に在る限り、責務は果たします。

お祖母様がその命を世界樹に捧げたように、私もこの命を国に捧げているのです。

第二十四話　選択死を与えよう

その日は結局、別の部屋に移動して部屋で夕食を取って休みました。ええ、部屋の扉がアルによって破壊されましたので、必然的に別の部屋に移動することになったのです。

寝る前になってアルが私を一人にするのが心配だと言って、部屋に侵入してこようとしているのをコルトに止められていた以外は何事もなく、その日は終わりました。

翌日は朝食をアルと共に部屋で取り、アルから食後のお茶を飲もうと誘われ、別の部屋に移動したのです。

その部屋に入ったところで黒髪の男性が頭を下げてきました。確か名前の知らない執事の方です。

「昨日は大変申し訳ありませんでした」

そう言って頭を下げていますが、この屋敷を仕切る執事の方の指示を覆して、勝手に使用人が行動するとは考えられません。

「お前がシアに声を掛けることを許した覚えはない」

アルが冷たい声で黒髪の執事に言います。その言葉に執事はもう一度深く頭を下げて、壁際に控えました。

私はアルに促されて目が痛くなるような部屋の中を進んでいきます。何でしょうか？　王都のネフリティス侯爵邸は夫人の好みが反映されているのか、とても落ち着いた内装でしたが、本邸である領地のネフリティス侯爵邸は奇抜と言いますか斬新と言いますか。チグハグな内装になっています。

壁紙や絨毯は落ち着いた色合いの青色をベースにした配色に対して、カーテンは薔薇のような赤い色で、飾ってある装飾は金色の壺やよくわからない絵画、家具にしても奇抜な赤い色が目に突き刺さります。

赤が好みの方がいらっしゃるのでしょうか？

「アルフレッド様ー！」

背後から聞いたことがある声が聞こえたかと思うとアルに腰を抱かれ、すっと横に移動させられました。

「アルフレッド様！　ソフィアをお茶に誘ってくださってとても嬉しいですわ」

声の主に視線を向けます。その姿に首を傾げてしまいました。声の主は私を部屋に案内してくださった使用人の方です。

赤い髪に空のような青い瞳を持った二十歳程の女性です。

そうです。王都のネフリティス侯爵家の使用人の方です。シャルロット様がいらっしゃるといつも背後に控えて、にやにやとした笑みを浮かべて私を見てきた方です。

「あら？　使用人の方をお茶に誘ったのですの？」

私はアルに尋ねます。普通はあり得ないことですが、アルが良いというのであれば、私が口出すことではありません。

しかし、アルが答える前に使用人の女性が左手を腰に当てて、私を右手で指しながら言ってきました。

「貴女こそ何故ここにいるの！　アルフレッド様はソフィアをお茶に誘ってくれたのよ！」

何故ここにいると言われましても、私はアルの婚約者ですと答えればいいのかしら？

「それから私は使用人ではなく！　ソフィア・カラールという名があるのよ！」

何でしょうか？　見た目よりその態度から幼く感じてしまいますわ。しかし、カラールという名には聞き覚えがありません。貴族ではないということでしょうか？

「ごめんなさい。今は使用人ではなかったのですね。カラールとは、どこの貴族の方なのでしょう？」

私は首を傾げて疑問を投げかけます。私が答えを待っていますと赤髪の女性はふるふると震えています。どうされたのでしょうか？

「以前にも言ったがソフィアは俺の再従兄妹（またいとこ）にあたるが、貴族の令嬢ではなく、ただの奉公にきた使用人だ」

そうでしたわね。いわゆる遠縁の方という人ですわね。貴族の血が流れていても貴族の籍は決まっており、一代限りの騎士伯では、その子供に爵位は譲渡されません。

再従兄妹ということは前ネフリティス侯爵様のご兄弟の血筋の方ですので、平民ということですわね。

だからですか、言葉遣いが少々幼い感じなのでしょうか？　教養がないといいますか、自分勝手といいますか。

しかし、この方はアルが王都のネフリティス侯爵の邸宅とは別のところに行かすと……ああ、あれから領地に送られたということですか。

「ソフィア。俺は別にお茶に誘ったわけではない。お前の身勝手を裁くために、ここに呼んだ」

アルはそう言いながら、私を奇抜なソファーに座るように促してきましが、ここに座るのですか？

落ち着けないですわ。……はい。座ります。

「身勝手？　ソフィアはなにも悪いことはしていないわ」

ソフィアさんはアルの許しも得ずに、私の反対側のアルの隣に座ってきました。……これは何が起こっているのでしょう？

周りを見渡すと黒髪の男性はふるふると震えています。その横でコルトは笑顔でいますが、目が笑っておらず怒っていることが窺えます。侍女エリスは顔色が真っ青になってコルトに助けを求める視線を向けています。

何が起こっているかはわかりませんが、普通ではないことが起こっているようです。

「お前は執事サイファに何を渡してこの屋敷に入ってきた？」

「勿論、アルフレッド様の婚約者としてネフリティス侯爵邸に来ました」

……え？　その話は本当だったということですか？　ということはですね……。

「私はお払い箱……」

なんてことでしょう！　私はアルの婚約者から外されてしまったのですか！

「シア！　違うからな！　俺はシア以外を認めないからな！」

アルが慌てて否定してきました。よ……よかったですわ。婚約者から外されてしまったら私は……。

「だから泣かなくていい」

　そう言ってアルは私を抱きしめてきました。私……泣いていいました？

「アルフレッド様。私は知っているのですよ。そこの女の家は借金だらけって。その借金の肩代わりをネフリティス侯爵家がしているって。そんな金食い虫の女のいいところは顔だけだって、お父さんが言っていたもの」

　事実ですので、否定することではありませんわ。貴族の令嬢たちが集まるお茶会でも散々言われたことですもの。

「黙れ！」

「だから、お父さんはソフィアをアルフレッド様の婚約者にしたのです」

「黙れと言っている！」

　アルの殺気が部屋中に満ちていきます。

「俺がお前をここに呼んだのは、お前が行った過ちを見せつけるためだ」

　アルはそう言い放ち隣に座っている彼女をソファーから押しのけ下ろします。いきなりアルから押された彼女は床に座り込んでしまいました。

「俺の婚約者として自称して金を使い込んだのはどこの誰だ！　それもたった一週間でこの有り様だ。金額にしてみれば些細なことだが、貴族の金を使用人の分際で使い込んだ罪は重い。それから執事サイファ！　貴様も同罪だ。この屋敷を預かる執事がこのような無能者だったとは、父の期待を裏切る者は必要ない」

アルはとても厳しい言葉を言っています。しかし、この国では身分が全てです。血縁者だとしても平民が侯爵家の方と婚姻を結ぶことは普通では不可能です。せめて何処かの伯爵家の養女になるなどの根回しが必要になってきます。

「コルト。あれを用意しろ」

「かしこまりました」

アルに命じられたコルトは一旦部屋を出ていき、カートを押して戻ってきました。そこにはポットと茶器が乗せられています。

コルトは四客あるティーカップをポットの中の液体で満たしていきます。

あら？　この香りは昨日アルに没収された花茶の香りですわ。

コルトはその甘い花の香りに満たされたティーカップを私とアルの前に置き、残り二客を執事と彼女の目の前に置きました。

「お前たちには選択死を与えよう。それを飲み干して何事もなければ、そのままここにいてもいい」

アルは二人に言葉を告げ、優雅にお茶を楽しむようにティーカップを手に取り、飲み干します。

私の前に置かれたということは、私も飲んでいいのですわね。恐らく私が飲むことに意味があるのでしょう。

私も同じようにティーカップを持ち上げ、一口飲みます。

「アル様。やはり偶に飲むぐらいはいいのではないのですか？　甘い紅茶を普通は飲めませんもの」

「これは甘すぎだろう。シア、後で蜂蜜を持ってこさせるから、飲む必要はない」

蜂蜜ですか！　仕事の依頼で花蜂の蜜の採取という依頼を受けたことがありますが、凄くお金がいいのですよ。お金が良いということは、希少で滅多に口にすることができない高級品なのです。そんなものをいただけるのですか！

「勿体なくて、食べられなさそうです」

「食べるのではなく、紅茶に入れるのだ」

こ……紅茶に蜂蜜！　なんて甘美な響きなのでしょう。しかし、勿体なく飲めなさそうです。

この花茶であれば、気兼ねなく飲めるのですが、没収されてしまいましたからね。とても残念ですわ。

「はぁ。この毒入りの紅茶なら罪悪感もなく飲めますのに」

「え？」

「毒入りですって！」

私の言葉にティーカップを持って飲もうとしていた二人が反応しました。

「言っただろう。お前たちに選択死をあたえると」

アル。一度だけでは効力はありませんわ。もしこれで毒に対する反応が出るのであれば、それは相当毒に慣れていないということですわね。

執事の方は一瞬戸惑ったものの、コルトの顔を窺い見て、逃げ道がないと悟ったのかティーカップを傾けて一気に飲み干しました。

そして、何も変化がないことにホッとため息を出されているようです。当たり前ですわ。これぐらいの毒では何も起こりません。

「ゲホッゲホッ……ゲホッ！」

咳き込む音に視線を向けますと、血を吐いて咳き込む彼女の姿があります。

まぁ、どうしたのでしょう？　これぐらいの毒に反応してしまったのですか？

「そうだろうな。お前は貴族として与えられるものは何も与えられていない。使用人であるサイファでさえ何も反応しなかった毒に苦しむヤツが俺の婚約者に？　本当に好き勝手してくれたものだな。正式な罰はネフリティス侯爵から言い渡されるだろう」

毒に反応したといってもそこまで強くない毒ですので、一度きりでしたら命が奪われることはありませんわ。苦しむ彼女を他の使用人が青い顔をしながら運んで、部屋から連れ出していきます。

それを横目で見ながらアルは目の前の者たちに向かって言います。

実はこの場に多くの使用人の方々がいるのです。

アルが彼女に言っていた『俺がお前をここに呼んだのは、お前が行った過ちを見せつけるためだ』という言葉の『見せつける』のは、ここに居る使用人たちに見せるけるためだったのです。

「お前たちに言っておくが、ネフリティス侯爵家の者がこの地に居ないからと勘違いするな。お前たちが仕えるのはネフリティス侯爵家の者であって、それ以外の血縁者ではない」

ネフリティス侯爵家の方々以外がこの地を治めること、それは即ちネフリティス侯爵家を乗っ取ることに等しいのです。

今回の過ちはアルの婚約者を彼女だと勘違いしたことでしょうね……あら？　確か私は幼いころ、ここに来たはずですのに、誰も私がいることを知らなかったということでしょうか？

それとも彼女の言い分を信じたということでしょうか？

「それから、俺の婚約者はフェリシア・ガラクシアースだ。ガラクシアース伯爵家の恩義に報いる。これはネフリティス侯爵家が続く限り、未来永劫変わらないことだと肝に命じておけ」

アル。それは大げさですわ。

しかし、今回のことはそもそも罰として使用人の彼女を領地に送ったはずでしたのに、その彼女は嘘が書かれた紹介状を突きつけて好き勝手していたということなのでしょう。

ですが、彼女にお目付け役というものをつけなかった不手際だと言えなくもないです。

いいえ、これはワザとそうしたのでしょう。

分別のある使用人を見分けていたのかもしれません。たとえ紹介状を持ってきたとしても、信用できる人間かどうか見る目があるかないかということですわね。

「最後にお前達。兄のギルフォードに付くか。俺に付くか決めておけ」

「ふぇ！」

突然お家騒動を口にしたアルに、思わず変な声がでてしまいました。

「我々はアルフレッド様に従います」

「え？」

執事が代表して言葉を口にして頭を下げ、それに続くように使用人の方々が頭を下げました。

これは使用人の方々に対して、アルが恐怖を植え付け、従わせたということになるのでしょうか？

それで大丈夫なのでしょうか？

使用人の方々は各自仕事に戻り、奇抜な部屋から私にあてがわれた部屋に戻りました。

「フェリシア様。今までお側に付くことができなかったことを、深くお詫び申し上げます」

侍女エリスが私に深々と頭を下げてきました。私は元々一人で全てできますので何も問題はありませんでしたわ。

「侍女エリスもお仕事があったのでしょう。別に私は貴女のことを責めたりしませんわ」

「はい！　私は凄く頑張りました！　あのクソ女の所為でフェリシア様の心象がよくありませんでしたので、大いに布教しておりました」

布教？　それのどこが関係するのでしょうか？

あっ、そう言えば疑問に思っていたことを聞いてもいいでしょうか。

「一つ聞きたいのだけど、私は幼い頃にこのお屋敷に来たと思うのです。ですから、アル様の婚約者は私だと周知の事実だと思ったのですが、違ったのですか？」

もし、あの執事がソフィアという女性の言葉に騙されなければ、ことは大きくならなかったのではないのでしょうか？

「確かフェリシア様がこのお屋敷に来られていたのは十年以上前のことですね。十年も経つと侍女やメイドはほとんど入れ替わっているでしょう。コルト様のお孫様は、十年前といえば王都のお屋敷で執事見習いをしていたと聞いていますので、フェリシア様を直接お見かけしたことは、なかったのではないのでしょうか」

あっ、そうですよね。女性は結婚すると暇を頂くので、以前来たときにいた使用人の方々はいらっしゃらないのですね。では、幼い私の姿を見て気味が悪かったということではなかったのですね。

「ですが、庭師の一人がフェリシア様のことをご存知で、庭の木々の間をよく飛んでいらしたので、怪我をしないように頻繁に剪定をしていたと懐かしそうに語ってくれました」

私が飛んでいる姿を見ている人がいました！　それも庭師の方。

その節は色々ご迷惑をおかけしたと思います。

「フェリシア様。綺麗に仕上がりました。これでいかがでしょうか？」

私の身なりを整えてくれた侍女エリスが私に確認するように言ってきましたが、新緑の色のワンピースはネフリティス侯爵家で用意してもらいましたものですし、虹色のペンダントはアルからプレゼントされたものですし、エメラルドの髪飾りもアルからプレゼントされたものですし、何一つとして私の持ち物を身に付けていない私が鏡の中に立っていました。

白髪は軽くハーフアップで結われており、金色の瞳を縁取る白いまつ毛が顔を薄ぼんやりとさせています。黒色だともう少しキリッとした顔立ちになるのですが、少し残念な感じはいつもどおりです。

「はぁ、もう地上に舞い降りてきた天使様そのものです」

私を天使だという言葉に確信します。やはり、侍女エリスの眼鏡は曇っているようですわ。

第二十五話　花の街でのデート

ネフリティス侯爵家で用意された新緑の色のワンピースを身にまとい、玄関ホールに行きますと、ブルーグレーのスーツを着たアルが待っていました。遠目から見ても相変らずキラキラ王子です。

「お待たせしました」

そう言ってアルの側に行くと、アルからつばの広い真っ白な帽子を被せられました。

「待ってはいない。今日は日差しが強いから、きちんと被っているように」

確かに、今日はいい天気ですわね。雲一つない青空です。

「ありがとうございます。今日はどこに行くのですか？」

昨日、アルから出かけるとは聞いていましたが、どこにとは聞いてはいませんでした。

それから、今日はお見送りの使用人の中に、あの執事の方がいらっしゃいません。もしかして、あの後で体調を崩されたのでしょうか？

「ああ、今日は街の中を見て回ろうかと思ってな、偶には外のデートもいいだろう？」

いつもは室内か庭でのお茶会ばかりでしたから、アルも飽きていたということでしょうか？　それは申し訳なかったですわ。

「はい」

「それに、ここの者たちは教育が未熟だ。シアとのひとときに水を差されるのは嫌だからな」

教育が未熟ですか？　しかし、領地の本家を任された方々なのですよね。

「私めの孫のサイファが至らぬばかりに、申し訳ございません」

アルの後ろでコルトが頭を下げています。そこはコルトとは関係ないと思いますわ。

「いや、領地を回すことは完璧だったから、父もある程度のことには目を瞑っていたのだろう。ネフリティス侯爵家の縁者という者に惑わされたのだ。本来仕えるべきものを間違えていることに気付けなかった、愚か者だったということだ」

元々は優秀な方だったようです。このネフリティス侯爵領を任せられ、実際に管理できていたのでしょう。

「悪意のない悪意ほど恐ろしいものはない。本人は正論を言っていると思っているし、周りもそうだと勘違いさせる力を持っている。それに気付けない愚か者たちに信頼はおけない。さて、行こうか」

アルは私の腰を抱いて、外に行くように促します。玄関を出ると、今日は魔導式自動車ではなく、馬車で移動するのか、扉が開けられ待機していました。

そうですわね。魔導式自動車はまだ一般的ではありませんものね。

馬車に乗り込み、いつもと同じく私の隣にアルが腰を下ろし、向かい側にコルトが席につきます。あら？　侍女エリスが居ませんわ。

先程まで私の後ろに控えていましたのに。すると、私の疑問を感じ取ったコルトが説明してくれました。

「エリスは仕事がありますので、残ってもらっています」

ああ、そうですか。私が居ない間にやるべきことがあるのですね。侍女という存在が身の回りに居ない私にはわかりませんが、使用人とは色々やるべきことがあるのでしょう。

そのようなことを考えていますと、ゆっくりと馬車が動き出しました。ガタンという衝撃の後に、ガタガタという振動が響いてきます。やはりあの魔導式自動車というものは素晴らしい乗り物だったのですね。

「シアは何処かに行きたいところはあるか?」

アルに聞かれましたが、特に欲しいものはありませんし、何があるかも私にはわかりません。ですから、私は首を横に振ります。

「と言っても、俺もあまり領地に戻っていないから、幼い頃の記憶しかない」

「それでは、領都を馬車で巡って、気になるところがありましたら、私めに言ってください」

「ああ、それでいい」

コルトが馬車で領都を巡ることを提案してくれました。私は反対する理由がありませんので、構いませんわ。


一言で言うとネフリティス領都は不思議なところでした。何かと花屋が多く目につくのです。街の至るところに鮮やかな花々が視界に入り、街の風景を彩っています。そして、多くの冒険者の姿を見かけます。

ガラクシアース伯爵領は、そもそもよそ者を排除する傾向にありますので、各地で依頼を受ける冒険者の姿を全く見かけません。それと比べるからかもしれませんが、多くの冒険者の姿を……それも王都で見かける人もいました。

ということは、冒険者が利用する無骨な店も存在しています。武具を扱う店や魔道具を扱う店もあるのです。

あと、一番不思議なものがところどころに存在しています。丸い球状の水の玉のような物が宙に浮いているのです。

「フェリシア様。何か気になるものはありましたか？」

私が窓の外を凝視しているので、コルトが気を使ってくれたのでしょう。

「あの、丸い物はなんですの？」

「丸い物でございますか？」

コルトは首を捻っています。え？　当たり前過ぎて、疑問にも思わないということなのですか？

「シア？　どれのことだ？」

私が見ている窓を同じように見ているアルが聞いてきました。ですから、私は指を差して丸い物を示します。

「人の背の高さ程の位置にある水球？　でしょうか？　屋根の上の方にもありますし、いたるところに……あちらこちらに……」

え？　わからないのですか？

「もしかしたら、ガラクシアースの方々しか見えないものではないのでしょうか？　以前、先代のガラクシアース伯爵様が『これがあるからネフリティス侯爵領は豊かなんだねぇ』と何もないところで話していましたので、そういうものがあるのかもしれないですね」

あ……誰も見えていないという話だったのですね。お祖父様は人には見えない物を見て、何かを感じたということなのでしょう。コルトの話を聞きますと、納得できました。ありえることでしょうと。

「では、花屋が多いのは何故ですか？」

私は色とりどりの花を売っているお店の一つを指して尋ねます。本当に数が多いのです。一区画に一つはお店がありそうです。

「それは花屋ではなく薬のお店だ」

「薬のお店なのですか？」

全くそのように見えません。そう言えば、冒険者が沢山いるにも関わらず、薬を扱うお店を見かけないと思っていましたら、花屋ではなく薬屋だったのですか。

「では冒険者が多いのは何故ですか？」

「それは領都の近くに珍しいダンジョンがあるからな。必然的に冒険者の出入りが多くなる。その分治安も悪くなるから、シアは一人で出歩いたら駄目だからな」

……アル。私もその冒険者の一人なのですよ。それに出歩く理由がなければ、街の中をウロウロすることはありませんよ。

しかし、花屋の薬屋が気になります。私には薬は必要ありませんが、薬屋に花が飾っている意味がわかりません。

「帰って来るたびに思うが、代わり映えしない街並みだな」

アルは私が見ている馬車の窓からの風景を見て、ため息混じりで言葉をこぼします。あの……アルのため息が頬にかかるほど近いのですが……少し近すぎませんか？

「何事もなくていいではありませんか。四十年前はこのように、人々が穏やかに暮らすことはできませんでしたから」

その時代を生きた人の言葉には、重みがあります。四十年前というと、ガラクシアース伯爵であるお祖父様が、ネフリティス侯爵領を助けに行ったときのことですね。ああ、そう言えばコルトであれば知っているでしょうか？

「コルト。知っていれば教えて欲しいのですが……」

「どのようなことでございましょうか？　フェリシア様」

「暗黒竜の残滓とは、どのようなものなのでしょうか？」

お祖母様の言葉の中で、私の知らない言葉が出てきました。これが四十年前に人々を苦しめた存在だと、私は推測します。

「暗黒竜の残滓でございますか……四十年前、この地に顕（あらわ）れたのは大地を凍らす獣でございました。二十年前にグラナード辺境伯領に顕れましたのは毒を吐くドラゴンでございました」

あれ？　姿が同じではないのですか？　私はてっきり『暗黒竜の残滓』と名付けられた存在がいると

思っていたのです。ですがコルトの話ですと、別々の存在のように思えます。

「なんだ？　そんな話は今まで聞いたことがない」

「それは恐らく記憶に残らないからでございましょう」

もしかして、この話はあの存在と関わりがあるので、記憶が消されているということですか？　それは危険なことだと思います。記憶がないとなれば、対処のしようが……二十年前ということはギュスターヴ前統括騎士団長閣下が全盛期のとき。ということは、暗黒竜の残滓というモノはあの存在自身が対応していた？

「その毒を吐くドラゴンはギュスターヴ前統括騎士団長閣下が討伐されたのでしょうか？」

「はい、その通りでございます」

やはり、あの存在が直接暗黒竜の残滓と対峙するため、他の者に記憶がなくても問題がないということだったのですね。でしたら、四十年前は誰だったのでしょう？

「では、四十年前はコルトが見たという神王の儀式に出ていた人物が、大地を凍らす獣を討伐したのですか？」

するとコルトは首を横に振りました。あれ？　違うのですか？

「あの御方は北の辺境の地に顕れた四ツ首のドラゴンの討伐に当たっていました」

「コルト。それは暗黒竜の残滓というものは複数存在するということなのか？」

アルがコルトを問い詰めるように質問しました。しかし、コルトは困ったような表情をしています。どうしたのでしょうか？

「我々がその時に得られる情報はほんの僅かであります。各地で魔物の活動が活発化すれば、その対応に当たらなければなりません。言うなれば、領地の対応に追われ、他の領地のことに構っていられないのです」

この話は何度も耳にしました。護るべき領地よりも隣の領地であるネフリティス侯爵領を優先させたお祖父様の話です。ガラクシアースの多くの一族を引き連れて、助けに向かったガラクシアース伯爵の話。

しかし、結論としてはお祖父様の判断は間違っていませんでした。ネフリティス侯爵領にある世界樹を護ることができたのです。

ただ、この話のときに語られるのが、このときは何処の領地も魔物の対応に追われ、他の領地のことなど構っていられなかったというくだりがあります。

大地を凍らす獣ですか。それは植物である世界樹も多大なる影響を受けたでしょうね。

「その後で神王となった方がどのようなモノを討伐したかだけ、語られるのです。我々が知ることが許されたのは、それだけです」

知ることを許されたですか。そこの真意に何があるのでしょう?

「そうですか。よくわからないということが、わかりました」

「お役に立てずに申し訳ありません」

「いいえ、コルトの話は助かりました。結局のところ、あの存在に直接聞かなければならないということです」

すると、アルが横から抱き寄せてきました。

「では戻ったら、レイモンドを呼び出そう」

横からではありますが、私は馬車の窓の方に向いていましたので、後ろに倒れるようにアルにもたれ掛かってしまいました。こ……これはアルから後ろから抱きつかれていませんか？

「それからシア。窓に近づきすぎだ」

え？　窓に近づいたら駄目なのですか？

「馬車の中でも帽子を深く被っているように」

そう言って帽子を更に深々と被らせてきました。あの……前が見えませんわ。

「アルフレッド様。それではフェリシア様が領地の風景を楽しんでいただけません」

コルトがアルの行動を諫めてくれますが、アルは私のお腹を締め付けるように更に抱き寄せます。

「コルト。外からシアの姿が丸見えではないか。この馬車をチラチラ見る奴らがいるではないか」

「それは大丈夫でございます。この窓ガラスには認識阻害の魔術が掛けられていますから、外からでは中を覗き見ることはできません」

そのような魔術がこの窓ガラスには掛けられていたのですか？　確かに貴族の誰かが乗っているとわかれば、良からぬことを考える者もいるでしょう。貴族の馬車には何かと予防処置がされているのですね。私も一応は伯爵令嬢ですが……。

「この馬車が注目を受けるのは、恐らくネフリティス侯爵家の紋が施された馬車だからでしょう。今は皆様が王都にいらっしゃるので、どなたが戻られたのか興味があるのでしょうね」

言われてみれば、納得できますね。普段見かけない領主の家紋が施された馬車が通れば、興味津々に視線で追いかけるでしょう。

ただ、私は今すぐ馬車を降りたい気分になってきました。ガタガタと揺れる振動と締め付けられるお腹に、気分が悪くなってきています。キラキラエフェクトを出すか、飲み込むかの瀬戸際ですわ。

第二十六話　妖精女王の薔薇

「アル様。これ、とても綺麗です」

花屋の姿をした薬屋の中で、私は透明な液体が入った瓶の中に花びらが舞っている物を掲げて見ていました。ええ、キラキラエフェクトを出す前に、コルトに花屋に見える薬屋に行きたいと言ったのです。

「それは傷薬だ」

こんな綺麗なものが傷薬なのですか？　王都で売られている軟膏のような傷薬と全く違いますわ。

「初めて見ました。王都で売っているものと全然違います。こんなに綺麗な物が傷薬なんて信じられないですわ」

「ああ、ネフリティス侯爵領でしか生産されない薬だから、他のところでは売られていないだろう」

知りませんでしたわ。隣の領地ですのに、こんな綺麗な傷薬があるなんて……妹のクレアに買って帰ろうかしら？　ああ、でも今回の依頼料の受け取りを確認していませんわ。それに無駄遣いは駄目ですわね。今月も色々出費する予定なのですから。

私は水中花を瓶の中に詰めた傷薬をそっと棚に戻します。するとアルがお店の方に声を掛けました。

「この傷薬を十個ほど後で屋敷に届けてくれ、あとこれとこれもだ」

「はい。かしこまりました」

店の恰幅(かっぷく)のいい女性がアルに向かってうやうやしく頭を下げています。

「シア。他に欲しいものはあるか？」

え？　私の分だったのですか？

てっきり私はアルが必要なものを購入しているのだと思っていました。

「あ……えーっと、私はクレアのお土産用に一つあればいいですわ」

「シア。街で買い物をすることも必要なことだ。だから遠慮をしなくてもいい」

ああ、領地でお金を使うことも大事だということですか。しかし、私は特に薬等の必要はありませんので、観賞用になってしまいますわ。それは宝の持ち腐れというものです。傷薬は必要な方の手に渡ってこそですわ。

「アル様。私はこうしてアル様と街を散策できるだけで、とても楽しいですわ」

私はそう言ってにこりと笑みを浮かべます。

「ガラクシアースのお嬢様。こちらはいかがでしょうか？」

私の見た目からガラクシアースだとわかったお店の女性が、真っ赤な大輪の薔薇を差し出してきました。女性が伯爵令嬢とつけなかったのは、ガラクシアースの血を引く者は他の人たちから見ると同じように見えるそうなので、一族の総称を言ったのでしょうね。

「こちらは妖精女王の薔薇を長期間保存できるように加工したものでございます」

妖精女王の薔薇ですか？　あら？　このわずかに香る匂いは知っていますわ。いつもいただいている紅茶と同じ香り。

「これは珍しいものでございますね」

コルトが言葉に出すほどなのですから、本当に珍しいものなのでしょう。

「どういうことなのでしょうか？　我々がいただいていいのは、落ちた花びらのみのはずですが？」

落ちた花びらのみ？　この花の採取には許可がいるということなのでしょうか？

「はい。これは年に一度、前侯爵様から作製依頼されたものになります。許可が出ている落ちた花びらから本物を再現したものです」

「え？　前ネフリティス侯爵様から依頼されたものを、私がいただくわけにはまいりません」

恐らくどなたかが管理されているバラ園の朽ちた花の中でも、綺麗なものをよりすぐって作られた物なのでしょう。そのような貴重な物を、私がいただくわけにはいきませんわ。

「毎年一輪だけのご依頼ですので、各店が一番いいできの物を品評会に提出して、その中でも質の良いものが選ばれます。お恥ずかしながら、今まで私の作製した物が選ばれたことはありませんが、一番いいできだと自負しています。いかがでしょうか？」

こんなに美しい薔薇ですのに、選ばれないのですか？

「コルト。お前がこの薔薇の存在を知らなかったということは、お祖父様が内緒で作らせているということか」

「確かに私めは存じませんが……薔薇は毎年この時期に依頼されるのですか？」

「はい。春の香り高い薔薇で作製して、夏までに届けるように依頼されています」

今は少し汗ばむ初夏の季節ですので、でき上がったものがまだ手元にあるのですね。ですが、やはり私がいただくわけにはいきません。

「これは恐らく、先代のガラクシアース伯爵様の墓に手向けるものではないのでしょうか？　妖精国にしか存在しない妖精女王の薔薇は香りがよく、妖精国を彷彿させるものでございますので……」

お祖父様のお墓にですか？　確かにお祖父様は夏に亡くなりました。

「毎年、夏にガラクシアース伯爵領に赴いておりますので、私めが思いますに、死後の魂が世界樹の元に導かれる願いが込められているのではないのでしょうか。しかし、これは大旦那様に確認しなければ、わかりかねます」

……そこまでしていただくことはないと思います。私達は前ネフリティス侯爵様の恩恵を沢山受けております。

我々はガラクシアースです。この力は国のために使うことを教え込まれているのです。あらゆる外敵からこの国を護るようにと。

ですから、お祖母様もお祖父様もガラクシアースとして納得していたはずです。お祖母様の身を犠牲にして、氷の大地を作り出す獣により、朽ちかけた世界樹を生かすことに。

「では、シアがもらってもいいだろう」

アルはそう言って、恰幅のいい女性から一輪の薔薇を受け取り、耳にかけるように髪に差してきました。

「うん。とてもよく似合う。コルト、これを髪飾りに加工しておいてくれ」

「かしこまりました」

あの……私がいただくのは間違っていると思います。

「アル様、やはり私がいただくわけには……」

「シア。この花も墓に手向けるよりも、シアの美しさを引き立てる方が、よっぽどいいだろう。これはこのままもらっていく」

「とても、お似合いです。ガラクシアースのお嬢様にもらっていただけるのであれば、作ったかいもあります」

気が引けている私の背を押すように、アルは薬屋を出ていき、お店の方は満足そうに笑顔で、送り出してくれます。

でも……これは……あの……うっ、いただきます。

「シア。他に気になったところはあるか?」

そのまま馬車に戻るかと思ったのですが、他に気になるところですか? 私は所々に浮遊している水球を目に映します。気になりますが、先程の話からしますと妖精国の何かのような気がしてきました。普通の人が目にすることができないものであれば、私が触れない方がいいと思います。

「そうですわね。クレアのお土産があってエルディオンのお土産がないのはかわいそうですので、エルディオンのお土産に良いものが見てみたいですわ」

エルディオンは本を読むのが好きですので、本でもいいですわ。

「変わった魔道具の店がありますので、そこはいかがでしょうか?」

コルトのお勧めのお店があるようです。魔道具ですか、それはそれで高そうですわ。ウィオラ・マンドスフリカ商会の商品でしたら、マルメリア伯爵令嬢との取引で普通よりお安く手に入るのですが、一般的に魔道具は高級品です。普通では手にすることはできません。

しかし、見るだけならタダです。見るだけならいいですわね。

そうしてアルといつもと違うデートをすることができました。たまにはこのように外を出歩くのもいいかもしれません。

結局、弟のエルディオンには風景を記憶する魔道具にしました。少し遠回りですがガラクシアース領の近くまできたのです。この三年間領地に帰っていませんので、ガラクシアース領の風景をその魔道具に収めて、エルディオンに渡そうと思ったのです。

一日余分に使ってしまいますが、魔導式自動車であれば、日帰りで戻ってこられると言われましたので、明日はガラクシアースの領都まで行こうという話になりました。久しぶりにお父様に会えそうですわ。領都で大人しくしていれば、の話ですが。


翌朝、魔導式自動車に乗り込んで、ガラクシアース領に向かいます。外の風景を眺めていますと、ネフリティス侯爵領の豊かさがよくわかります。今は丁度麦が収穫時期を迎えているようで、冬を越した麦が風になびきながら金色に輝いています。その中を人々が麦畑に分け入り、収穫をしています。

あれ？　金色に光り輝いているとは比喩(ひゆ)ではなく、本当に光っています。いいえ、よく見ると麦畑の上にある水球からキラキラとしたものが降り注いでいることが見て取れます。これが土地を豊かにする原因なのでしょうか？

そして、所々にないはずの花畑が麦畑と重なるように垣間見えます。空間が歪んでいる？　それとも歪が出ている？

「シア。何か気になるものがあったのか？」

アルが窓越しに外を凝視している私の背後から聞いてきました。あの？　少し近くないですか？

「所々に花畑が見えるような気がするのですが、目の錯覚でしょうか？」

「それは気の所為じゃない。俺には見えないが、ネフリティス領と重なるように妖精国があると言われている。妖精の導きがあれば、一昨日に行った入り口以外からも入れると言われている」

そういうことなのですか。しかし、このネフリティス侯爵領の人々は妖精国の恩恵を受けているようですが、妖精国はネフリティス侯爵領から何かを与えられているのでしょうか？　いいえ、これは私が考えることではありませんでしたね。

「ネフリティス侯爵領は不思議なところですのね。妖精と共存できているというのは、とても素敵なことですわ」

「共存か……少し違うかもしれないが、妖精国があってこそというところもあるな」

共存ではないのですか。しかし、ガラクシアース領とは違い、とても美しいところだと思います。

「フェリシア様。お飲み物はいかがでしょうか？」

私が二つの世界が重なる風景を見ていますと、コルトから飲み物は必要かと問われましたので、首を縦に振って答えます。

「フェリシア様。蜂蜜は如何ほどお入れいたしましょうか？」

「はちみつ！」

思わず叫んでしまいました。紅茶に蜂蜜とは、なんて魅惑的な言葉なのでしょう。そして、なんて罪深い言葉なのでしょう。

普通飲む紅茶に高級品の蜂蜜を入れるなんて、罪悪感に心が支配されてしまいます。

私が答えるのに戸惑っていますと、横にいるアルが手を出して、コルトから紅茶を受け取り、コルトの横にあった小瓶からティースプーン一杯分をすくい取り、紅茶の中に投入しました。もしかして、あれが蜂蜜なのでしょうか？

アルから差し出された、蜂蜜入りの紅茶を震える手で受け取ります。いつもと同じ香り高い紅茶ですが、更に香りがいいように思えます。

「妖精国で作られた蜂蜜ですので、紅茶によく合うと思いますよ」

蜂蜜自体が貴重ですのに、妖精国で作られた蜂蜜って、私が口にしていいのでしょうか？

「シア。美味しいから飲んでみるといい。幼い頃は蜂蜜を入れてよく飲んでいた。今は少々甘すぎて飲めないが」

そんなに甘いのですか？　ひ……一口だけ飲んでもいいでしょうか？

私は紅茶に蜂蜜という誘惑に心が折れ、紅茶を口に含みます。優しい甘みが舌の上に広がり、喉を通り抜けると同時に、いつもより濃厚な花の香りが鼻に抜けていきます。

「美味しい」

もう一口、こくりと飲みます。蜂蜜を入れるだけで、全然違いますわ。

「気に入っていただけて、よろしゅうございました」

「シアが喜んでくれるのが一番いい。いつもシアは自分のことを後回しにしがちだからな」

自分のことを後回しですか？　そんなことはないと思いますわ。

はぁ……でも、この魅惑的な紅茶は本当に美味しいですわ。この前の毒入り紅茶とは比べ物になりません。あれは毒の苦味を消すために甘みがある植物を入れたのでしょうが、蜂蜜には敵いませんわ。これは高額でも手に入れたいという誘惑に勝てないと認めます。

＊

「お眠りになられたようですね」

「ああ、慣れないところで気を張っていたのだろう」

フェリシアは白髪の頭をアルフレッドの肩に預けるように規則的な呼吸を繰り返して眠っている。

「よく妖精国の蜂蜜を手に入れられたな」

アルフレッドは感心するように、コルトに話しかける。やはり蜂蜜は貴重な物のようだ。

「あれは孫に行かせました。下手すれば妖精の機嫌を損ねて、殺されるかもしれませんので、命がけで取って来なさいと送り出しました。一日かかりましたが、戻ってきましたね。本人は一ヶ月妖精国で過ごしたと言っておりましたが、あそこに行きますと体内時間を狂わされるのがやっかいでございます」

コルトは孫の執事サイファに取りに行かせたようだ。それも命を落とすかもしれない危険な妖精国にだ。

「本当に妖精国はやっかいだ。シアが飛んで行ってしまったときは焦ったが、丸一日で戻れて良かった」

そう、実はフェリシアとアルフレッドが、妖精国の世界樹の側に行って戻ってきた時間は、二人の中では一時間にも満たない時間だったが、実は外では丸一日経過していたのだ。だが、それを誰一人フェリシアに悟らせずにいたのだった。

第二十七話　ガラクシアース領は異界

本当に数時間でガラクシアース領の領都に付きました。ガラクシアース領はネフリティス侯爵領とは違い、別の意味で異界と言っていい場所です。

何故なら、ここに住まう領民は必ず神竜ネーヴェ様の血を引いているのです。確かに血の薄い濃いはありますが、見た目からこの者はガラクシアースだとわかるものがあります。例えば髪が白髪であったり、瞳が金色であったり、色に特色が現れなくても容姿が異様に整っているとかですね。そして、必ずと言っていいほど、普通の人より力が強いということです。そこにも個人差はありますが、このガラクシアース領で生きていくには必要な力になります。

「相変わらず視線が刺さるな」

魔導式自動車から降りたアルから、小言がこぼれます。

はい。領民が似通った容姿ということは、他のところから来た人は必然的に目立ってしまうのです。

「仕方がありませんわ」

それによそ者は排除するという傾向があります。主に父を悪意から守るという意味合いが強いですね。

「いつ来ましても、物々しい感じでございますね」

コルトが周りを見渡しながら言葉にします。それも仕方がありませんわ。

ガラクシアース領にはダンジョンが十三箇所あり、力を持つ者はダンジョンに潜ることが義務付けられてます。理由は複数ありますが、一番大きな理由はガラクシアースに存在するダンジョンは増大型と言われており、放置するとダンジョンの階層が極度に増えていき、ダンジョン内に生息する魔物の数が爆発的に増えていき、直ぐにスタンピードが発生するのです。

これもまたガラクシアースの領民の仕事になります。ですから、どこでもある冒険者ギルドは存在しますが、領民のほとんどが所属し、農耕するよりも狩猟を主とし生計を立てているのです。

「シア。領都の中心街に来たが、何か欲しいものがあるのか？」

アルが尋ねてきましたが、私が欲しいものはありません。本当であればガラクシアース領の屋敷に寄って、父に会おうと思っていたのです。しかし、帰ってみると父は領地の見回りに行っていると言われました。そうなると数日は戻って来ませんので、領都の中を魔道具で撮ろうと考えたのです。

「欲しいものはありませんわ。しかし偶に、ダンジョン産の珍しいものが出ていたりしますので、お店を見て回るのもいいかもしれません」

「そうか。ここに滞在できるのは数時間だけだが、デートをしようか」

アルが子供の時のように、手を繋いできました。なんだか、懐かしい気持ちになります。あら？　そう言えば、先程アルは以前ここに来たようなことを言っていましたが、私の記憶ではアルがガラクシアース領に来たことはなかったはずです。

「アル様。以前こちらには来たことがあったのですか？」

「ああ、子供のときにな。こう言っては何だが、ガラクシアース領民の敵になったような錯覚を覚えたな」

それは申し訳なかったですわ。今もアルに冷たい視線や敵意を持つ視線を向けられています。こんな視線を向けられれば、二度と来たくないと思ってしまいますわね。

私は被っていたツバの広い帽子を脱ぎ、コルトに渡します。

「領都の道は広くありませんので、持っていて欲しいですわ」

「かしこまりました」

基本的にガラクシアース領の道幅は広くありません。主に領主が馬車を使わずに騎獣に乗って移動をするので、広くても馬車がすれ違えるかどうかの道幅しかありません。

しかし、本当に帽子が邪魔で脱いだわけではありません。

『フェリシア様だ』

『フェリシア様が戻って来られている』

私の姿を見た方々が、アルに不審者を見る視線を向けなくていいということを示すために帽子を脱いだのです。

『近くのダンジョンを閉鎖しろ！　根こそぎ持っていかれるぞ』

『領主様に連絡を……』

『今は地方に行っておられるはずだ』

『もしかして、この隙を狙って戻ってこられたのか』


……酷い言われようです。子供のときは容赦というものがありませんでしたが、最近は分別というものを覚えましたわ。

アルに対して不快な視線はなくなりましたが、私に対して問題児扱いする態度が見られます。

少しぐらい、いいのではないのでしょうか？　王都の近くに、思いっきり力を奮うことができる場所はないのです。それでときどき戻ってきて、ダンジョンに潜ってもいいのではないのでしょうか。物足りなくて、周回してもいいのではないのでしょうか。朝から晩まではしゃいでも、いいのではないのでしょうか。

はしゃぎすぎて、お父様に連れ戻されたことはありましたけど……。

不審者を見る視線から、生暖かい視線と、私がおかしな行動を取らないか疑念を持った視線が混在する中、私とアルは色々なお店が並ぶ中心街を歩いていきます。

「変わったものが多いな」

「どの辺りがですか？」

アルから疑問の声が出てきました。アルが見ているのは、普通の野菜が売っているお店です。私には見慣れた光景ですので、何が変わっているのかわかりません。どちらかと言えば、ネフリティス侯爵領の方が、不思議の国に迷い込んだような感覚に陥ります。

それより私は侯爵子息のアルが、野菜が並んでいる光景を見たことがあるのが不思議に思ってしまいます。

「これらの野菜とか見たことがない。遠征のために一通りの食べ物を調べたつもりだったが」

長期保存に耐えられる食べ物ということですね。集団で長期間の行動を取るとなると、持っていける食べ物と、現地調達する食べ物に分けられますからね。

「ダンジョン産の野菜ですから、ここだけの物なのでしょうか？」

「ダンジョンで野菜を栽培しているのか？」

「自生？　普通に野菜が取れるので、栽培はしていません」

言い換えれば、私たちはダンジョンに生かされていると言っても良いでしょう。ダンジョンから生み出されるモノを採取し、この命を繋いでいる。だからこそそのガラクシアースなのかもしれません。

この地を離れても足繁く、ガラクシアースの地に来る人達もいるぐらいですから。何がそうさせるのかわかりませんが。

「人だかりができているから、何かと思えば……」

アルが物珍しいと言っている野菜を見ていると後ろから、低い男性の声が聞こえてきました。振り向くと、ガラクシアース特有の白髪に血のような赤い瞳が印象的な、ガタイがいい人物が立っていました。

「赤竜騎士団副団長がこの地に何の用だ？」

確かにアルがこのガラクシアース領にいることは珍しいですが、それは目の前の人物にも言えることです。

「グラナード辺境伯爵こそ、何故いる？　貴公の治める地は正反対の西側だろう」

はい。目の前にいらっしゃるのはグラナード辺境伯爵御本人なのです。それもお一人でです。

「この地でしか取れないモノを狩ってきただけだ。他の者では、この地に入れないのでな」

グラナード辺境伯爵は見た目でわかりますように、ガラクシアースの血を引いています。確か三代前のグラナード辺境伯爵がガラクシアースの力に惚れ込んで、妻に迎えたと聞き及んでいます。まぁ、ガラクシアースの力は普通ではありませんからね。

「しかし、もう少し狩っておきたかったのだが、王都から緊急の招集が発せられたと聞いて、途中で切り上げたのだ。貴殿は聞き及んでいるか？　詳しい内容が示されていなかったのだが」

グラナード辺境伯爵は王都から緊急招集があったということは、国王陛下から命令があったのでしょう。しかし王都にいた私達には何か問題があったようには……いいえ、あの存在の件ですか。

私はアルと視線を合わせて、無言で意見を合わせます。コルトが言っていたことが始まるのでしょう。

「何かあったのか？」

私とアルの態度から、何かあったと感じたのでしょう。グラナード辺境伯爵は指を背後の方に指し示して言いました。

「そこに喫茶店がある。奢ってやるから付き合え」

グラナード辺境伯爵からの直々のお誘いを断る度胸はありませんので、アルと共にグラナード辺境伯爵の後をついて行くのでした。

「これは何だ？」

アルが目の前に出された飲み物を見た第一声です。何を言っているのでしょう？　アルはこれがいいと言ったではないですか。

「黒百合茶です」

「黒百合茶だ」

私とグラナード辺境伯爵が答えます。一般的にガラクシアースで飲まれるお茶です。

「真っ黒の液体からボコボコと泡が出ているが？」

「普通に泡立ってますね」

「黒百合茶だから泡立つだろう」

黒百合茶ですから色は濃い褐色で見た目は黒く見えます。そして、茶葉とお湯とが反応を起こして抽出された魔力が泡立って浮き出ています。その魔力がピリピリとして黒百合茶の美味しさを引き立てるのです。疲れたときにはいい飲み物ですわ。

「何故、二人して当たり前だという感じなんだ？　それも仲が良いように、全く同じ答えが返ってくる」

「一般常識で答えが違っていたら、それこそ問題だろう」

「アドラセウス。言っておくが、この飲み物は一般的ではないからな」

この黒百合茶が一般的ではないのですか？

ダンジョンで多く自生している黒百合から簡単に作れますので、多めに採取してきて毎日のように飲んでいますのに？

私は目の前に座っているグラナード辺境伯爵と視線を合わせます。グラナード辺境伯爵も眉間にしわを寄せて、普通に好まれるだろう感が漏れ出ています。

仕方がありません。私はアルに私が注文した飲み物を差し出します。

「アル様。では私が注文したものと交換いたしましょうか？」

「シア。何故、飲み物が砂のように粒立っているのだ？」

確かに私が注文したものは、グラスに黄色いつぶつぶがいっぱい入った飲み物です。

「果汁百パーセントのジュースです。飲むとつぶつぶが口の中で弾けるので、子供に好まれる飲み物ですわ」

「それはガラクシアースでしか飲めないものだな」

あら？　グラナード辺境伯爵も飲んだことがあるのですね。新鮮ではないと、粒が弾けないので、楽しむのであれば、領地まで来なければなりません。

「アルフレッド様。いつもの紅茶を用意させていただきました」

コルトがアルの前にいつも飲んでいる紅茶を出します。用意がいいですわね。喫茶店で淹れてもらったのでしょうか？

「コルト。すまない。話には聞いていたが、ここまで異界だったとは……」

「鬼人と言われていても、所詮人の子だったということか。アルフレッド」

グラナード辺境伯爵が鼻で笑うように、アルに言います。異界ですか……確かにアルを王都の屋敷に招いたことはありませんし、ネフリティス侯爵邸に食べ物を持参したことはありませんでしたわね。

「俺はアドラセウスほど武勲を上げているわけではない。帝国の侵攻を一人で抑える実力なんてないからな」

グラナード辺境伯爵はこの国の西側の防衛を任されています。その西側は数年に渡って帝国から幾度も侵略を繰り返されており、その都度、グラナード辺境伯爵自ら戦地に出て、帝国の脅威を退かせているのです。

「言っておくが、私一人ではそんなことはできない。多くの者たちの力があってこそだ。帝国もいい加減にあきらめてくれればよいのだが、困ったものだ」

あっ！　そう言えばグラナード辺境伯爵に言わなければならないことが、ありましたわ。

「グラナード辺境伯爵様。一つご報告があります」

「なんだ？」

私は赤い瞳を見て、はっきりと言います。

「私、グラナード辺境伯爵夫人を始末しました」

第二十八話　ガラクシアース同士でしかわからないこと

「あっ！　元グラナード辺境伯爵夫人でしたね」

私が訂正しますと、グラナード辺境伯爵は大きくため息を吐き出しました。

「何をして、ガラクシアースに目を付けられた？　そもそもこの国に戻っていたのか？」

そうですわね。元グラナード辺境伯爵夫人は帝国に渡ったのですから、その疑問は最もです。

「一月程前に、とある商人の第四夫人からの依頼を受けたのです。王都の下街の案内だったのですが、御自分の容姿で身割れしないという、堂々とした振る舞いをされていました」

「下街だとバレないと思ったのだろう。元々浅い考えしか持たない女だったからな」

棘がある言い方をされますわね。しかし、それも仕方がないことでしょう。

「ん？　シア。もしかして、その話は先日の毒のお茶の話か？」

アルが没収した茶葉の話だと気が付いたようです。

「はい。甘い毒茶の話ですわ」

「甘い毒茶？　そんなモノを王都にばら撒こうとしていたのか？　愚か者だな。そんなもの直ぐに足がつく」

グラナード辺境伯爵はそのようなモノを王都でばら撒こうとしたことに、意味がないと言っていますが、即効性のある毒では意味がないでしょうが、徐々にその身を蝕んでいけば……そう言えば、昨日お

茶を飲んだ彼女は血を吐いていましたわね。今思い返してみても、そこまでの強毒性はなかったはずですが、きっと彼女は毒の耐性をお持ちではなかったのでしょう。

「もしかしたら、トカゲの尻尾切りだったのではないのでしょうか？」

「ああ、武力で攻められないのであれば、内側から壊せばいいと試しに送って来たのか……グラナードにスパイを送り込んだようにか？　あれも私が学園に通うために王都に滞在していたから潜り込めただけだ」

二十年前、ギュスターヴ前統括騎士団長閣下がまだ第二王子だった頃、グラナード辺境領に現れたドラゴンを倒したという話は有名ですが、その裏では先代のグラナード辺境伯爵は大怪我を負ったと聞き及んでいます。たとえガラクシアースの血を引いていても、ドラゴン討伐は困難を極めたのでしょう。

逆に言えばギュスターヴ前統括騎士団長を乗っ取った、あの存在が凄いとも言えますが。

グラナード辺境伯爵は二十三歳と聞き及んでいますので、この数年で帝国はスパイを送り込んでいたのでしょう。

あら？　先程からアルが親しい感じで話していると思いましたら、同じ学年だったのですか。

「アル様とグラナード辺境伯爵様は仲がよろしいのですか？」

「全然」

「全く」

仲がよくないと反論している割には、同じ返答が返ってきました。

「腐れ縁だ」

「私の相手ができるのが、アルフレッドしかいなかったからだ」

よくわかりませんが、仲がいいということですわね。

「仲がいいことはよいことですわ。それで、ばら撒こうとしたお茶をいただきまして、これはこの国のためにならないと判断しましたので、始末させていただきました」

本当であれば、生かしたほうが良かったのでしょうが、生かしておくと色々後が面倒ですからね。

「元夫人はグラナード辺境伯爵様の元に送り返そうかと考えたのですが、相手が帝国ですので、帰路の途中で事故に遭われたようにしておきました」

「それで構わない。領地の資料や金目の物を尽く盗んだ罪を問いたいが、帝国に渡ってしまったのであれば、全て皇帝の手に渡っているだろうからな」

はい。そうなのです。元グラナード辺境伯爵夫人はスパイの方と不倫をして、グラナード辺境領の資料やお金を盗んで帝国に逃亡したのです。その後、商人の第四夫人に収まったと風の噂で聞き及んでおりました。ですので、グラナード辺境領は我がガラクシアース領と同じく金銭面で苦労しているのです。特に国の防衛を任されているグラナード辺境領では、軍資金が逼迫しているとお聞きしています。ですから、辺境伯爵自ら動いているのでしょう。

「ガラクシアース伯爵には感謝している。ガラクシアースのダンジョンではないと手に入らないモノが多い。これらに関税を掛けずに持ち出しの許可を出してくれていることで、随分助かっている」

そう言えば、先程も何かを狩っていたと仰っていましたわね。

「何か役立つものってありましたか？　一番近いダンジョンで、そのようなモノがあったとは思いませんでしたが」

「火鹿の角だな。あれは夜戦にいい。わざわざ明かり取りを準備しなくていいからな」

「あっ！　確かに言われてみれば、ずっと角が燃えていますわ」

「後は爆鳥の羽だな。弓矢につければ衝撃で爆発する」

「羽を飛ばして攻撃してくる爆鳥ですわね。でも、倒すと木っ端微塵になってしまいますわ」

「そこはあれだ。腕の見せどころの……」

「おい！　何故二人で楽しそうに話している！」

機嫌が悪そうなアルの声が聞こえてきました。

べ……別に……たっ楽しくお話はしていませんわ……よ。

「王都で何があったか聞きたかったんじゃないのか！　アドラセウス！　シアは俺のだからな！」

えーっと。はい、私はアルの婚約者で間違いはないですよ。

「昔からだが、シアシアと煩いな。そもそもガラクシアースの血が入っている者は好き嫌いで伴侶は選ばない。だから、俺がフェリシア嬢を選ぶことはない」

それもまた正論ですわ。我々ガラクシアースは好き嫌いで伴侶を決めません。

「そもそもフェリシア嬢がアルフレッドの側にいるのは金が目当てだ。ネフリティス侯爵家が金銭面でガラクシアースに支援している限り、フェリシア嬢が離れることはない」

はい。グラナード辺境伯爵のおっしゃる通りです。因みにグラナード辺境伯爵が想いを寄せている方は知っています。その方も色々グラナード辺境領に支援をしてくださっているのです。

我々ガラクシアースは己に足りないものを相手に求めるのです。お金のためにアルの婚約者の席は誰にも譲りたくないという思いはあります。勿論アルのことは好きですよ。

グラナード辺境伯爵の想い人には、婚約者の方がいらっしゃいますので、残念ではありますす。しかし、貴族ならば、それも致し方がないことです。

「シア。それは本当なのか？」

「はい」

幻滅されるかもしれませんが、ここで嘘をついても、後でバレることでしょう。

人のための嘘は仕方がないですが、自分のための嘘は、つかないと私は決めているのです。

「よかった」

そう言って、アルは私を抱きしめてきました。良かったのですか？

「それで、王都で何があったか話してもらおうか」

雑談が長くなってしまいました。しかし、あまり会うことがないグラナード辺境伯爵に、言っておかないといけないことがありましたので、許して欲しいですわ。

「ああ、そうだな。ただ一つ言っておくが、この記憶は後ほど消される可能性がある」

「記憶が消される？　誰にだ？」

「王都で会う人物だ」

そして、アルは今回国王陛下から命令されたことを話し出しました。その話を聞いているグラナード辺境伯爵は、段々と厳しい表情になってきました。話をされても信じがたいことでしょう。人の身体を乗っ取るモノが初代国王陛下と言われても証拠はありません。強いていうなら、コルトが見たという初代国王陛下の絵姿でしょう。しかし、それは一般に公開されてはいませんので、真偽は定かではありません。

「疑問しか出てこないな」

アルの話を聞いたグラナード辺境伯爵の感想です。そうですわね。断片的に情報を与えられて、肝心の初代国王陛下が何者であるかも、わからないのですから。

「で、そのヴァンアスール伯爵令息に成り代わった者に王都で会うということか。そもそも何故記憶を消す必要があるのだ？　対策を取るのであれば、記憶は残しておいたほうがいいに決まっている」

確かにそこは疑問ではあります。ただお母様が何も言っていないことが、気になります。私にガラクシアースとして立ち会うことを勧めたのはお母様です。恐らく二十年前のことに関わっているのであれば、魔物の活動期に関しても知っているはずです。ですが、何一つ私に連絡をくれなかったことに、何かあるのだろうと思ってしまいます。

我々には初代国王陛下の血は入っていないので、お母様は全てを覚えているはずですから。

「ここで言っても仕方がないことだな。さて、そろそろ王都に向かうか」

そう言ってグラナード辺境伯爵は、カップの中身を飲み干して立ち上がりました。

「アドラセウス。招集の日程はいつだ？」

「三日後だ」

え？　三日後なのですか？　それでは辺境から馬車で、ギリギリの日数ですわね。私達があの存在に遭遇したのは五日前のことです。その日の内に招集したとは考えにくいので四日前ですか。そこから一週間後に神王の儀式が行われるとは、はっきり言って余裕がない日程ですわね。

辺境には馬車で五日かかると言われていますから、二日しか余裕がありません。何か事故が起こると間に合いませんわね。

しかし、グラナード辺境伯爵は三日後と日程が迫っているというのに、このようにお茶をしていて良かったのでしょうか？

「ここからだと、騎獣で駆けても二日はかかるぞ」

アルも私と同じことを思っていたようです。グラナード辺境伯爵の余裕な感じに呆れているのでしょう。

「魔力全開で魔導式二輪自動車を丸一日乗れば着ける」

「それ、普通のヤツがやったら死ぬからな」

完全にアルは呆れてしまっているようです。しかし、辺境伯爵が一人で自由に行動していると思っていたのは、あのウィオラ・マンドスフリカ商会の魔導式自動車よりも、先に販売された魔導式二輪自動車をお持ちだったのですね。実際には見たことはありませんが、なんでも丸い車輪二つだけで進むことができる物らしいです。私には想像もつきません。

それも駆動する動力の魔力を全開で丸一日ですか。勿論それを成し遂げるグラナード辺境伯爵にも驚きですが、グラナード辺境伯爵の魔力に耐えきれる魔導式二輪自動車の性能に驚きます。

「赤竜騎士団副団長とは、また王都で会うかもしれんな」

そう言ってグラナード辺境伯爵は背を向けてお店を出ていかれました。私は王城には王族主催のパーティーが行われない限り、近づくことはありませんので、グラナード辺境伯爵と今度会うとすれば、冬になることでしょう。

「アドラセウスのヤツ。本当にあの毒々しい赤い液体を飲み干したのか」

グラナード辺境伯爵が飲まれたカップの底には赤い血のような液体が薄っすらと残っているだけで、全て飲み干されています。

「アル様。赤いお茶は魔力の回復をしてくれる薬茶になります。少し、苦味がありますが魔力を全回復してくれる、とても重宝するものですわ」

「一度だけここに来たことあるが、ここまで怪しいものがあった記憶はない」

そうなのですか？　私はまだ一口も飲んでいなかったジュースを飲みます。ストローを伝って口の中に入ってきたつぶつぶが、パチパチと弾けて甘みが舌の上に広がっていきます。本当にクセになりますわ。王都では飲めないのが残念なほどです。

「シアからパチパチという音が聞こえるが、本当にそれは飲み物なのか？」

心外ですわ。れっきとした果汁百パーセントのジュースです。

「アル様。飲んでみますか？」

私は幼い子どもでも飲める水で薄めたジュースを注文しようと、お店の人に視線を向けている間に、私のジュースがアルに奪われてしまいました。

あっ！　それは果汁百パーセントですので、一度に飲み過ぎると大変なことになってしまいますわ。

グラスから飲もうとしているアルの腕を摑みます。

「アル様。一口だけですよ」

「別にシアの飲み物を奪い取ろうとはしていない」

そういうことではなくてですね……あー。

この後どうなったかは、言わないでおきます。珍しくアルが涙目だったことで、ご想像してくださいませ。

その後アルの機嫌をとって、散策の続きをしながら、残りの時間を過ごして、帰路についたのでした。

第二十九話　アスティルの町

それから、二時間ほどガラクシアースの領都に滞在し、ネフリティス侯爵領に戻ってきました。本当に数時間で移動できるなんて、魔導式自動車というものは凄いですわ。

「シア。明日は朝早く出発して、アスティルに泊まろう」

ネフリティス侯爵家の領都の邸宅に戻って夕食を取っている時に、アルが明日の予定を言ってきました。

アスティル？　それは来た時に宿泊した都市ではありませんわね。

「アル様。アスティルというのはシエロノーヴァ伯爵領にある街の名前と、記憶しておりますが……」

そこは中核都市というより、街道から外れた街です。王都に戻るには少々遠回りかと思います。

「そうだ。少し早めに出発して、アスティルに行こう」

「あの？　そこに何かあるのですか？」

私の記憶では自然の中に街があるという印象で、これと言って何があるというわけではありません。確かに近くに大きな湖があり、避暑地としては有名です。観光地というのであれば、来る時に立ち寄った中核都市の方が一般的でしょう。

それに、着くのは恐らく夕刻でしょうから、それから街の周りを散策というと、時間的に問題があります。

「湖が見下ろせる『星降る大地』というところがあるのだ」

「星降る大地ですか？」

湖が見下ろせるということは、湖面の波がないと星空が鏡のようになって映り込むということなのでしょう。

「そこは流れ星がよく見えるらしいんだ。星降る大地の上で流れ星に願いを言うと叶うという話だ。いつかシアと一緒に行ってみたいと思っていたのだが、嫌か？」

「嫌ではありませんわ。願いが叶うなんて素敵ではありませんか」

こうして、アルの提案でいつもなら寄ることがない街に行くことになったのです。

翌朝、早めの朝食を終え、さっさとネフリティス侯爵領の邸宅を後にしたのです。その時に多くの使用人が見送りに出てくれましたが、アルは何も言葉なく魔導式自動車に乗り込んでしまいました。

私は一言お世話になった礼を言うと、何故か使用人の方々からキラキラした視線を向けられたり、神に祈るように両手を組んで拝まれたりしました。

いったい何が起きたというのでしょう。そして、何故か侍女エリスがやりきった感を出していました。

「アル様。ネフリティス侯爵領は本当に美しいところですわね」

魔導式自動車の窓から見える景色を見ながら私はアルに話しかけます。

「自然豊かな領地といえばそうだが、全ては妖精国と共存しているからだな」

妖精国。恐らく私は二度とあの場所には赴くことはないでしょう。お祖母様がその身を差しだして護った世界樹があるあの場所に。

行けばきっと私はお祖母様を助けだしたくなる。たとえガラクシアースの矜持を持って、世界樹を支えることを決意したとしても、お祖母様の本音を聞いてしまったのですから。

「それでも美しいですわ」

その美しさはお祖母様の生命を対価にして、得られているのです。

「私は生命と大切なものを、ガラクシアースの矜持のために捨てられるかしら？」

思わず疑問の言葉が出てきてしまいました。

しかし、いざとなれば私は行動を起こすことでしょう。何故なら私はガラクシアースなのですから。

すると外を見ていた私の身体はアルに抱き寄せられ、私の視線はアルの方に向いていました。

「シアは何も捨てる必要はない。全て俺が肩代わりする」

アルの空の蒼と森の緑が混じった瞳が、私を捉えています。

「ふふふっ。ありがとうございます。アル様。でも、私はガラクシアースですから」

私はアルにニコリと笑みを浮かべます。私は神竜ネーヴェ様の血を受け継ぐ者として、この国を護るために剣をとることでしょう。

「だったら、シア。俺と結婚すればネフリティスになる。ならば、ネフリティスとして俺の側にいてほしい」

　私はアルの言葉にニコリと笑みを浮かべ、返事はしませんでした。あのグラナード辺境伯爵もその力を国の防衛に使っていますが、昨日お会いしたように、ガラクシアースとして存在しています。結局のところ我々はガラクシアースなのです。

「だから、星に願うんだ」

「え?」

　アルの口角がすこし上がっています。

「何をお願いするのですか?」

「内緒」

　内緒と言ったアルは目を細めて、楽しそうな雰囲気をまとっています。

　アルは何かお願いごとがあるそうです。しかし、星にお願い事をするなんて、迷信のようなことを信じているのですね。

　ん?　でも、湖の上の丘という指定に何か意味があるのでしょうか?

「『星降る大地』というところには、願いが叶う何かがあるのですか?」

「何かがあるというより、あっただな」

　過去形ですか?　ならば、願いが叶わない可能性の方が、高いのではないのですか?

「そこにも妖精の国に繋がる道があったそうなんだ」

「『星降る大地』にですか?」

「ああ、なんでも妖精が湖に落ちてきた星の欠片を、拾いに来ていたらしい」

まぁ、そこにも妖精国に繋がる道が？　しかし、過去形ということは現在はないということに変わりはありません。

そして、星の欠片ですか？　それも湖に落ちた？

流れ星は空を流れ落ちるだけで、湖には落ちませんわ。

「あの？　流れ星が湖に落ちるという意味がわからないのですが？」

「それは湖に映る流れ星と書物は解釈していたな」

「そのような書物があるのですか？」

「ネフリティス家の書庫にある」

そうですか、妖精国のことを記した書物が管理されており、アルはその話を読んで、『星降る大地』という場所に行ってみたいと思ったのですね。

もしかして、子供の頃に読んで、夢を叶えてみたいという感じなのでしょう。

可愛らしい夢ですわ。

「ふふふっ。では、楽しみですわね」

「ああ、楽しみだ」


「ぐふっ！　朝から興奮が収まらない」

「黙りなさい。エリス」

……エリスは相変わらず手帳に何かを書き込んでいますが、興奮するほど集中しているということでしょうか？

世界がオレンジ色に染まる頃、シエロノーヴァ伯爵領のアスティルに着きました。街というより町と言って良いほどの大きさです。

そして、森の中に人が住む集落ができたように、森の中に突如として町が出現したのです。

ガラクシアース領でもこのような街が存在します。それはダンジョンの近くに人が住む集落を作ったために、交通の不便さよりも、ダンジョンの管理を優先させたために、起こった現象です。

ならば、このアスティルという町も妖精国に繋がる通路があったために、作られた町と考えたほうがよろしいですわね。

魔導式自動車は、ゆっくりと町の中を進んでいきます。あまり、貴族が来ないためか、魔導式自動車が珍しいからなのか、町に入ると人の視線を集めていました。

「シエロノーヴァ伯爵領は財政難なのか？」

アルから耳が痛い言葉が聞こえてきました。

「そのようなことは聞き及んでおりません」

コルトがアルの問いに答えています。ネフリティス侯爵領ではないことも、知っているなんて、コルトの知識はどうなっているのでしょうね。

「その割には、防衛層が弱すぎるな」

防衛層。それは常に、魔物の脅威にさらされているため、街を護る防衛ラインのことです。

「確かに木の柵が周りにあるだけでございました。しかし、このような森の中では強固な防衛層は作るのも至難でございます」

コルトは森の地形では強固な町を護る壁を築く難しさを指摘しています。

「そうですわね。普通であれば森の木々を伐採して死角をなくすことから始めませんといけませんわ。でも……」

鬱蒼と茂る木々が視界の妨げになっている事実も問題ですが、このままだと木々を伝ってくるモノもいることでしょう。

「ああそうか。無闇矢鱈(むやみやたら)に木々を切っていくことは、妖精を怒らすから駄目だな」

アルが言葉を止めたことを補って、満足していますが、私の意見は違いますわ。

「森自体がトラップなら強固な防衛層を築く必要性はありませんわ。見た感じ木の柵も外側に向けて槍のように突き出した部分がありましたので、それを幾重にも重ねれば防衛層に攻撃性を持たせられます」

「流石シアだな」

え？　こんなことで褒められても、ガラクシアースの小さな村や町では普通に使っている方法ですわ。……今思い返しますとネフリティス侯爵領の街道沿いから見える、人が住んでいると思われる集落には、高い壁が見受けられましたね。お金持ちの領地は手厚い保護を、領民に行っているのですね。これが格差というものですか。

「あら？　そのまま町を出るのですか？」

先程まで町の中を通っていましたのに、また森の中に入って行きました。

「『星降る大地』はアスティルの町の中を通らないと行けない。それから、湖はすぐそこなのだが、丘に行くには少し距離がある」

アルが指し示した方にはオレンジ色に染まった湖が見えます。あら？　私はてっきり一度町に寄って、休息をとってから、その星降る大地に行くと思っていましたわ。

しかし、そうですわね。湖を見下ろす丘の上ということは、それなりに蛇行しながら丘の上に登るということですわね。

ということは、今日宿泊するところはどうするのでしょう？　町の中を魔導式自動車の中から見た感じ、貴族が宿泊できるような建物は見当たりませんでしたわ。

「アル様。今日はどちらで宿泊するのですか？　星を見た後に、この道を戻るのは危険ですわ」

既に丘に登る道に入ったと思われるのですが、道幅はあるものの片側が崖となっておりますので、暗闇の中を戻るのは危険だとおもわれます。

「ああ、丘の上にシエロノーヴァ伯爵家の別邸があるから、貸し切ってある」

そういうことですの。確かに星が見たいとなると、丘の上に屋敷を建てるのが一番効率いいですわね。

貸し切ってあるということは、アルがネフリティス侯爵領に行こうと言っていたときには、この場所に来ることを計画していたのですね。

「シエロノーヴァ伯爵様は、快く別邸を貸してくれたのですね」

貸し切っていると言っても、管理する使用人はいらっしゃるでしょうし、丘の上にあるということは、人の行き来も大変です。荷物の運搬も大変ですわ。

「ああ、子供の小遣いほどの金額を出せば、快く貸してくれたな」

「子供の小遣い……」

私の頭の中では、小銭を握って屋台で飲み物を買っている感覚ですが、アルと私の金銭感覚が違うことは昔からわかっていることです。

「因みに子供の小遣いとは、いくらなのですか？」

「百万Lだな」

「ひひゃく」

え？　私がこの前、共闘してゴブリンの集落を殲滅したときの報酬料は子供の小遣い以下だったのですか！

「私は子供の小遣いも稼げないのですか」

私はあまりにもの金銭感覚の差に、項垂れるのでした。

第三十話　七色の世界は祝福の星を降らす

私があまりにもの金銭感覚の違いに頭を抱えていますと、アルが心配そうに声を掛けてきました。

「シア。もしかして道が悪くて酔ったのか？」

「いいえ、違いますわ」

「そうか、もしそうなら、運転手をくびり殺そうと思ったが」

いきなり物騒なことを言わないでください。

「足元に気を付けて降りてくださいませ」

侍女エリスの声に顔を上げますと、既に魔導式自動車は停車しており、コルトの姿はなく、侍女エリスが外から声をかけていました。

「シア。降りられないのなら、抱えて降りようか？」

「大丈夫ですわ」

私はニコリと笑みを浮かべ、アルに手を差し出します。すると、手を取られずに腰を抱き寄せられ、そのままアルに抱えられ外に降り立ちました。

既に外には帳(とばり)が下り、西の山々の稜線がオレンジに光っています。

「今日は二つの月が細いから、星がよく見えるだろう」

東の稜線には細い月が顔を出しています。三つある月の内、一つは日中に見ましたので、残りの二つが夜の空を巡ります。そして、今日は珍しく二つの月が細月のようです。

恐らく今日は二つの月がほぼ同時に上ってくるのでしょうね。

「シア。さっきはどうしたんだ？」

「え？」

「何か落ち込んでいただろう？」

あら？　私が落ち込んでいるのがバレバレでしたの？

私を抱えたアルを見上げます。周りは暗闇に包まれていますが、ガラクシアースの私にはアルの姿がはっきりと見えます。

騙されてくれなかったのですね。

私が答えずに苦笑いを浮かべていますと、アルはサクサクと歩みを進めて、湖が見渡せるところまでやってきました。

そして、私を地面に下ろしてくれます。

西の稜線の明かりと、暗闇の中で光を放つ星を映し出した湖は美しく、ほのかに蒼く光っているようにも見えます。

私の悩みなど、きっとちっぽけなのでしょう。

「ふふふっ。アル様が言う子供の小遣いが、私が先日稼いだお金に満たないと知って、落ち込んでいたのですわ」

自嘲の笑みがこぼれます。貴族といっても貧乏貴族の私達は庶民と変わりない生活をしています。

ただ、ばあやと爺やという使用人がいて、貴族街に住んでいるというだけ。

日々稼ぐお金は、最低限貴族として体裁を保つために消費されていっているのです。

「シア。お金に困っているのなら、支援すると言っているじゃないか。シアには危ないことをして欲しくないんだ」

ネフリティス侯爵家からは十分なほどの支援をガラクシアース伯爵家にしていただいていますわ。これ以上は何か違うと思います。

「冒険者をしていることは、できればやめてほしいと思っている」

はぁ、一週間前に冒険者をしていることがアルにバレてしまったのは失敗でしたわ。

「それにこの一週間はとても楽しかった。シアともっとこのような時間を取れればいいと思っている。週一度だけではなく、それこそ毎日」

「アル様。それは赤竜騎士団の仕事をサボっていますわ」

楽しかったのは私もです。

しかし、毎日が白の曜日というふうになりますと、流石に第二王子が怒ってくるのが、目に見えてきます。

「それはジークフリートに任せればいい。俺はシアと毎日楽しく過ごしたい」

「アル様。現実問題、第二王子ではガラクシアースのダンジョンを攻略しろと言っても厳しいでしょう。死の森などかわいらしいものです。赤竜騎士団にはアル様が必要だと私は思っていますわ」

「……しかし、シアが冒険者をする必要はないのでは？　シアが個人的にダンジョンに行きたいのなら、それは構わない。しかし、冒険者となれば、デュナミス・オルグージョのような者と共に行動をすることがあるだろう？」

金ピカと仕事を共にしたことが気になるのですか？　私は滅多に他の人と共闘はしませんわ。

「アル様。冒険者アリシアは他の冒険者と共闘はあまりしませんわ。私の素性がバレるのは避けたいですもの」

貴族の令嬢が冒険者をしていることがバレれば、噂好きの貴族のいい餌になってしまうことは明白。

「それにアル様。冒険者をしていると『ありがとう』と言われるのです。畑を荒らす魔土竜（モグラ）を退治しただけで、農家の人からありがとうと言われて野菜までいただけるのです。シルクスパイダーの天敵の魔鼬（イタチ）を退治すれば、感謝されてクレアのドレスに使えるシルクをくれるのです。それが人の役に立っていると実感できて嬉しいのです。人々の暮らしを守ってこその冒険者だと思うのです」

あ、これでは物がもらえて嬉しいと言っているように聞こえてしまいますわね。

「私は人々の心の安寧と幸せのために、冒険者の仕事は必要だと思うのです。この力を人々のために使うのもガラクシアースの務めだと思うのです」

「ふふっ」

え？　アルが笑った？

隣から含み笑いが聞こえたのは気の所為（せい）ですわよね。

「君がいくら強くても、守れない者たちもいるよね。全ての者たちは守れない。それはただの自己満足じゃないのかな？」

その言葉に私は寒気を感じ、アルから距離を取ります。

アルの声ですが、話し方がアルではありません。

私が睨みつけているアルの表情は、私を馬鹿にしているような笑みを浮かべています。

アルが言わない言葉。アルがしない表情。

そのアルが腰に佩(は)いている剣を抜き、私に向けて構えてきました。

私は本能的に身の危険を感じ、亜空間収納からショートソードを取り出し、目の前で構えますが、その手は震えています。

中身はあの存在だと私の直感が告げています。いいえ、アルの瞳が金色に代わっています。その肉体はアルのものです。

剣を構えたものの、アルの肉体を傷つけずに、アルを元に戻す方法はあるのでしょうか？

「そう、例えばこんな風に」

アルの身体を乗っ取ったあの存在は、私に向けて構えていた剣をアルの首に沿うように構えたのです。

アルの首を切り落とすと言わんばかりに。

「君はこの者に剣を振るうことができるのかな？　僕がこの首を切り落とすのが先か、君がこの剣を落とすのが先か。その震えた手で」

私に向かって、アルの姿をしたあの存在がクスクスと笑っています。

剣です。あの存在が持っている剣だけを狙えばいいのです。

私は息をひとつ吐いて、覚悟を決めます。

もし、手を切り落としてしまっても、直ぐに治して差し上げます。

地面を思いっきり蹴り上げ、クスクスと笑っているあの存在の手元に向かって、ショートソードを振るいます。

しかし剣を弾き返され、私の身体ごと飛ばされました。

それには驚きを隠せません。

アルと幾度となく手合わせをしたことがありますが、私の剣をアルが往なすことはあっても、私の身体ごと吹き飛ばすなんてことはありませんでした。

地面を滑るように惰性を押し殺し、右足に力を入れ、瞬間移動したようにあの存在の背後に回ります。

ですが、私の行動を読んでいたかのように、背後に向けて風の刃を飛ばし、私の剣を吹き飛ばします。

その強い威力に左手に持っていたショートソードが飛んで行ってしまいました。

私は瞬時に別の剣を取り出します。普段は使わないロングソードです。これは私が使うと威力が強すぎて、人がいるところでは使わないと決めたものですが、相手が相手なので、構わないでしょう。

右手に持っていたショートソードを戻し、ロングソードを両手で構えます。

「氷雪花(イグラキーオン)」

ロングソードを氷の魔術でまといます。もし、アルの身体を傷つけても、傷ごと氷で覆われ身動きが取れなくなるだけです。出血死することはありません。

アルの顔で笑っているあの存在に向かって、私は再び地面を蹴ります。

アルの剣を断ち切るように、ロングソードを振るいますが往なされ、そのまま私に向かって剣先が向かってきます。

私は紙一重(ひとえ)で避け、私の白髪が空中で舞い散っているのを横目に、あの存在の右肩に向けて、突きを放っても避けられ、私は背後から蹴りを食らって飛ばされます。

私はアルを傷つけないという制限があるものの、相手は私の剣戟(けんげき)を余裕で往なしてきます。

腹立たしいですわ。

私は空中に氷の刃を出現させます。

「氷牙乱舞(グラキエースロンド)！」

私の背後の空間に余すところなく並べられた氷の刃が、あの存在に向かっていきます。

私はその後に追随するように駆けていきます。

力の暴力だと言ってよい私の氷の攻撃を剣一本で全て弾き返しているあの存在の姿に、愕然としました。

私の目で剣筋が見えないなんて……父であっても今の攻撃は魔術で応戦するほどの攻撃です。

それを剣一本で全てを往なしていくなんて、なんて化け物。

私は渾身(こんしん)の一撃を、氷の刃を全て弾き返した剣に向かって放つ。

次の瞬間、私は空中に飛ばされ、肩を剣で突かれていました。

「くっ！」

右肩が肉片ごと吹き飛ばされ、身体が宙に舞います。何が起こったのですか？　まさか剣に魔力をまとわして攻撃力を上げた！

肩の傷を止血し、空中で体勢を整えるために、身体を捻っていると、胸に衝撃が走り肺から空気が抜けていきます。

「くはっ！」

蹴りを胸に入れられ、そのまま地面に叩きつけられました。そのまま私は横に転がり、身を起こすと同時に先ほどいた場所に、爆発でも起こったかのように衝撃と土煙が立ち上り、私はその場所に向かって剣を振う。しかし、何も手ごたえがない。

左から風を感じ、左腕を防御のために上に掲げると、衝撃と腕の骨が折れる音が私の中で響き、飛ばされます。

なんて力量の差。その姿さえ捉えることができない天地というべき力の差。

「ふぅー」

飛ばされながら痛みを逃がします。人でない存在に対して、人として戦おうとしたのが、間違いだったのですね。

背中から白い翼を出し、空中に舞い上がります。一度体勢と呼吸を整えないと駄目ですわ。

「え？」

「空を飛べるのが君だけだと思った？」

アルの姿が目の前にありました。そして、お腹に走る衝撃。見るとアルの剣が私のお腹に突き刺さっていました。

「人の姿だと飛べないという思い込みが、君を油断に導いたのだよ」

そのまま剣を横に引かれた。引かれた剣は私のお腹を切り裂きながら、漆黒の闇に舞い踊る。赤い血をまき散らせながら。

そして、振り下ろされる血をまとった剣。

防御する？　避ける？　このまま落下する？

「この剣を振り上げた隙だらけの姿を見て、攻撃してこない時点で、君に勝てる要素なんてないよね」

ロングソードを横に構えて、振り下ろされる剣を受け止めようとすると、剣ごと右腕を切り裂かれ、そのまま地面に叩きつけられた。

私が本気で攻撃すれば、人であるアルの身体は傷ついてしまうではないですか。

「ごほっ！」

これがギュスターヴ前統括騎士団長閣下として戦ったモノの戦い方。まさか、地面から出ていた槍のようなものに串刺しになってしまうなんて。右の胸に背後から貫き天に高々と伸びる石の槍。

「親しい者でも国のために殺せないで、よくガラクシアースだと名乗っているよね」

親しい者……どうしてアルを傷つけることができるのでしょう。だって、私はまだ力の使い方を知らなかった幼い頃、たくさんアルに怪我を負わせてしまいましたもの。

「ガラクシアースって何かな？」

私の視界には笑顔を浮かべたアルらしくない姿が映り、月の光を反射した剣が私に死を見せつけてきます。

ガラクシアースが何かですか。我々は誇り高いネーヴェ様の子。この国に対して害となるモノを排除する者。

私の直感が教えてくれます。このモノは国の害にはならないと。

まぁ、アルに殺されるのであれば、それもいいのかもしれません。

「答えられない？　おかしいね。それぐらいの傷。簡単に治せるはずなのに、治さないってことは、生きるのをあきらめてしまった？　駄目だよ。そんなんじゃ、アレには勝てないよ」

そう言って、アルの姿をしたものは、動けない私の首に向かって剣を振り下ろしてきました。私は死を受け入れるために目を閉じました。

カチャンッと剣身が鳴る音が耳に入り、ガチャガチャとまるで剣が震えているように鳴り始めました。

「し……しあになにを……する」

え？　目を開けてアルを見ますと、金色と碧色が混じる色合いの瞳と目が合いました。

「シアを殺すぐらいなら……俺が死ねばいい！」

そう言って私に振り下ろされようとしていた剣がアルの首に向かっていきます。待ってください！

それはダメです！

私が手を伸ばすも私の身は突き刺さった槍に固定されて動けません。

くっ！　槍を折り、右胸から引きずりだし、地面を蹴ってアルに向かっていく剣に手を伸ばすも、私の切り裂かれた右手は空を切り、剣の刃がアルの首を捉え、刃が首に食い込んでいきます。

「君たちは、無力だね」

金色に光る右目のアルから出される言葉。

碧色の左目には殺意が乗せられ、剣を持つ力が更に込められ、アルの首から赤い血が流れ落ちていきます。


アルを。アル様を助けて！


私の手が届く前に、アルの胴と首が離れていってしまいます。私の代わりに誰か助けて！

お願いします！　アル様を助けて！


すると私の心からの願いに呼応するように、辺りが虹色の光に満たされます。

そして、世界が七色の光に満たされました。光が闇を侵食し世界が色づいたのです。

空からは七色の星が雨のように降り注いでいます。星が降ってきています。


『願いは叶った』

老人のように嗄れているようで、子供のように甲高い声質が混じった声が降り注いでいき、私の胸元からパキリと何かが壊れた音が聞こえてきました。

光は収まり、周りは闇に満ち、空には星が瞬いています。

一瞬のことでしたが、さっきの幻覚だったのでしょうか？

私は胸元で聞こえた音が気になり、右手を当てると……あら？　右手が普通に動いています。

私は普通に地面に立っていますわ。

右胸に空いた傷もなく、横腹の傷もなく、肩の傷もなく、着ていたドレスもボロボロになっていたとは思われないほど綺麗になっています。

先ほどのことが夢かと思うほど元の状態に戻っていることに喜ぶと同時に、あるものがないことに気が付きます。

アルからもらった虹色のペンダントがありませんわ！

衝撃で割れてしまったのかと足元を見れば、黒ずんだ欠片が散らばっています。

アルを見ますと、手に持っていた剣をいつの間にか鞘に収め、空を見上げていました。

「流れ星が見つけられないな。願い事はもう決めているのに」

そう言って私に振り返って見せる表情は、いつもと変わらない碧眼の目をした無表情のアルです。

まさか……先ほどあったことが記憶の改ざんで消されているのですか？

「シアといつまでも幸せに暮らせるようにと……」

いつもと同じ態度のアルに向かって私は駆け寄り、抱きつきます。

良かったですわ。本当に良かったです。

ああ、あの虹色の魔石の迷信は本当だったのですね。そして、この星降る大地も本当でした。

虹色の魔石の迷信はこの場に来て初めて、願いが叶うのでしたのね。

「私も同じ願いですわ」

「シア？　どうしたんだ？　泣いているのか？」

何も覚えていないアルが不思議そうな顔をして私を見てきます。

「願い事は叶えられましたわ。アル様がアル様として居てくれることです」

私は首に掛けられた、黒ずんだ欠片だけがついたペンダントをアルに見せます。

それを見たアルは驚いたように目を丸くしましたが、何かを感じたのか、私を抱きしめました。

「そうか願いは叶ったのか。では俺も願おう。シアと共にいつまでも幸せに暮らせるように」

すると再び世界が色づいたのでした。

色づいた世界に星の雨が降る。

そして、どこからか子供のような甲高い声と笑い声が響き渡り、小さな妖精たちが踊りながら、星の欠片を集めています。

そんな幻想的な風景の中、アルは私に優しい口づけをしたのでした。

これから、どのようなことが起きても、アルと共に未来を進んでいきましょう。

二人で共に、星が叶えてくれた願いを胸に抱いて。

※本書は、「小説家になろう」(http://syosetu.com)に掲載されていたものを、改稿のうえ書籍化したものです。
この物語はフィクションです。
もし、同一の名称があった場合でも、実在する人物、団体等とは一切関係ありません。

私の秘密を婚約者に見られたときの対処法を誰か教えてください

(わたしのひみつをこんやくしゃにみられたときのたいしょほうをだれかおしえてください)

2024年7月11日　第1刷発行

著者　白雲八鈴

発行人　関川 誠
発行所　株式会社 宝島社
〒102-8388　東京都千代田区一番町25番地
電話:営業03(3234)4621 ／編集03(3239)0599
https://tkj.jp

印刷・製本　サンケイ総合印刷株式会社

Printed in Japan
ISBN978-4-299-05638-2